钟馗

柴美丽——著

远方出版社

图书在版编目（CIP）数据

钟馗 / 柴美丽著 . -- 呼和浩特：远方出版社，2022.5
ISBN 978-7-5555-1332-2

Ⅰ.①钟… Ⅱ.①柴… Ⅲ.①长篇小说—中国—当代 Ⅳ.① I247.5

中国版本图书馆 CIP 数据核字 (2022) 第 063409 号

钟馗
ZHONGKUI

著　　者	柴美丽
绘　　画	范红彬
责任编辑	蔺　洁
版式设计	王改英
出版发行	远方出版社
社　　址	呼和浩特市乌兰察布东路666号　邮编 010010
电　　话	（0471）2236473 总编室　2236460 发行部
经　　销	新华书店
印　　刷	内蒙古爱信达教育印务有限责任公司
开　　本	850毫米×1168毫米　1/32
字　　数	120千
印　　张	6
版　　次	2022年5月第1版
印　　次	2022年6月第1次印刷
标准书号	ISBN 978-7-5555-1332-2
定　　价	39.80元

如发现印装质量问题，请与出版社联系调换

出版社独家资源

电子图书 | 作者寄语 | 编辑推介

随时随地感受阅读魅力，带你了解图书创作背后的故事。

阅读拓展

民俗故事 | 画作欣赏

为什么门上要贴钟馗？
历代名家如何画钟馗？

论文研究 | 影音资源

带你破解钟馗的真实身份之谜。

交流互动

读书笔记 | 好书推荐

分享阅读心得，阅读更多好书。

钟馗的传说故事

微信扫码
开启你的探索之旅

前　言

终南山，又名太乙山、地肺山、中南山、周南山，简称南山。终南山位于陕西省境内秦岭山脉的中段，在今西安市的南部。终南山峻拔秀丽，如锦绣画屏，山间布满奇峰异洞、清池古庙，山上终年云雾缥缈，意境清幽。

本书的"主人公"钟馗就出生在终南山，他的祖籍在终南山周至县的终南村。这里至今仍保留有一个已经修建多年的钟馗祠，祠里供着钟馗的塑像。

自钟馗降魔捉鬼的故事流传民间后，很多文人在其作品中对此都有描写。沈括的《梦溪笔谈》中记载了唐玄宗李隆基夜梦钟馗捉拿小耗鬼的故事。到了明清时期，钟馗被众多戏剧家以表演的形式搬上了舞台。明朝小说家不题撰人与清朝小说家烟霞散人、云中道人也对钟馗捉鬼的故事有过描写。

钟馗自盛唐开始，在民间以门神的形象出现。当时百姓在过年的时候会买一幅钟馗年画贴在门上，祈请钟馗威力镇宅，保佑一年平安。民间也出现了专门印制钟馗画像的作坊。

自吴道子画钟馗后，许多人对钟馗又给予了更多的关注，一些画家对钟馗进行艺术创作，将钟馗的精神面貌表达得淋漓尽致。非常具有代表性的作品有明朝戴进的《钟馗夜游图》。画中的钟馗是捉鬼的形象，以钟馗和众小鬼在寒冷的冬天赶雪路的故事入手，展开叙述。整幅作品惟妙惟肖，趣味横生。

钟馗故事之所以在我国古代民间广为流传，是因为在传说中，钟馗无论是为人之时，还是成神之后，都保持了刚正不阿、护佑百姓的初衷。他胆识过人，不畏邪恶，虽然外表粗狂丑陋，但内心纯正善良。

本书中讲述的钟馗的志怪故事，是笔者在仔细查阅钟馗的相关文献资料后，以我国古代民间传说、古籍中记载的与钟馗相关的志怪故事为依据，进行再创作而成。意在通过钟馗刚直正义、纯正善良又略带幽默感的形象说明中国传统文化中钟馗崇拜现象是因为钟馗的形象更通俗、更接近老百姓，也是民俗文化中对正义和善良的追求。而把钟馗的民间审美情趣用传说故事的形式展现出来，对我们认识中国传统文化的多面性和深刻内涵也具有一定的积极意义。

目 录

前言 ················ 1
钟馗降生 ············ 1
拜师求学 ············ 9
钟成过世 ············ 17
进京赶考 ············ 25
魂散金殿 ············ 41
玉皇大帝的敕封 ······ 49
巧遇小鬼小懒 ········ 57
母亲离世 ············ 67
再收徒弟 ············ 77
探望陈平 ············ 91
小妹出嫁 ············ 109
唐玄宗的梦 ·········· 121
剑刺五通鬼 ·········· 129
怒斩石马精 ·········· 135
夜壶喊冤 ············ 141
斩除蝙蝠精 ·········· 149
诛杀红毛山魈 ········ 157
追斩乌鸡精 ·········· 165
捉烟鬼记 ············ 171
斩除郄元弼 ·········· 179

☆作者寄语
☆民俗故事
☆画作欣赏
☆影音资源

微信扫码

钟馗降生

稠密的雨珠又急又大,落到地面如鼓如雷。就在此刻,一个男婴顺利降生。他哭声洪亮,与窗外的骤雨声融在一起。

钟馗降生

大唐年间,离终南山二百多里的周至县终南村,住着一对钟氏夫妇。他们纯朴善良,老实本分,忠诚厚道。丈夫钟成手脚勤快,乐于助人。冬季寒夜,大雪纷扬而下,白色的积雪覆盖了整个终南村。钟成早早起床,用扫帚扫开自家门前堆积的雪,然后顺着村道一路扫过去,尤其是村子里孩子们喜欢去玩闹的地方,他扫得更为仔细。

早起路过的村人看见钟成在埋头扫雪,打趣地问:"钟成,大清早的你不在家里暖和着,跑出来扫的哪门子雪啊?"

钟成乐呵呵地答道:"娃娃们快出来玩耍了,雪扫干净了,他们就滑不倒、摔不着了。"

村人说:"你自己没娃娃,还操这多余的心。"

钟成依然乐呵呵道:"别人家的娃娃也不能让摔着啊。"

其实，终南村的人们对钟成的这种行为也不觉得奇怪，大家都知道他是个大善人，喜欢做这种为乡民服务的善事。但是，就是钟成这样一个善良之人，已经年近五旬，却无半个子嗣。妻子钟氏非常着急，觉得自己此生若不能给钟家添丁，实是有点儿愧对丈夫对自己的体贴与疼爱，于是整日希求送子娘娘能大发慈悲，让自己生个孩子。钟成对此倒不甚介意，觉得有没有孩子都不影响自己与妻子的深厚感情。

传说，每年的农历四月初八是送子娘娘的生日，这日到送子娘娘的面前虔诚求拜，送子娘娘就会按求拜者的祈愿，挑一个吉利日子，亲自将带有福气的孩子送到求拜者家中。对此说法，终南村的人深信不疑。

钟成四十九岁这年，又逢四月初八。这天，庙会举办得比往年更加热闹。庙会上，人们抬着送子娘娘的塑像，唱着送子娘娘的传说故事与功德。很多人来到送子娘娘的庙里跪拜祈愿，一派热闹的景象。

这天清早，钟成扛起锄头准备像往日一样到地里劳作。钟氏一把拉住他，说："今年送子娘娘的庙会如此隆重，祈请送子娘娘也一定会比往年更加灵验。"

来邀约钟氏一起去逛庙会的隔壁的赵婶子也帮着钟氏劝钟

钟馗降生

成说："是呀，今年送子娘娘的庙会很是盛大隆重呢！半个月前官家已经派人在送子娘娘的庙前搭建芦席棚了，听说还要燃放烟火，还要点一晚上的夜灯呢。就是不求子嗣的人都争着去看热闹呢，你们夫妻俩更应该去看看。"赵婶子又转头对钟氏说："你今年一定会求到的，一定是个贵子呢！你们夫妻俩忠厚善良，老天哪里能看不到呀。你看，送子娘娘的庙会什么时候办得这么隆重过？这是要送一个闻名天下的大贵子下凡来的预兆，你们夫妻俩可不能错过呀！"

听赵婶子这么一说，钟氏的眼里闪出希望的火花，钟成也被说的有点儿动心。钟成其实非常喜欢孩子，平日看到的每一个小孩儿都能让他生出欢喜来，内心自然也是极为渴望能有一个孩子，等到耄耋之年，孩子围绕左右，享受天伦之乐，想想都觉得幸福。但是他也晓得妻子钟氏的苦闷。钟氏因为未能生育，愁闷至极，整日唉声叹气，如若自己不体谅她，她除了愁闷，还会惶恐，将更加难以度日。

赵婶子与妻子苦苦相劝，钟成只好放下已经扛到肩膀上的锄头，重新梳洗，换了一身干净的衣服，同妻子一道出门，直奔庙会而去。

送子娘娘的庙宇就建在周至县的南山上面，等钟氏夫妻随同赵婶子赶到时，庙会已经开始了。庙宇前人山人海，四个壮汉正抬着送子娘娘的塑像慢慢行走在街道上,供两旁的百姓观瞻。送子娘娘的塑像慈眉善目,怀里还抱着一个胖乎乎的嬉笑的孩童,看得钟氏满心欢喜,眼角不觉湿润了。

观看过送子娘娘的塑像游行之后,钟氏夫妻便相携着一起进到大殿里,双手合十,心中默祷:"请送子娘娘看在我们夫妻俩垂垂老矣的份儿上,恩赐一个孩儿给我们。我们夫妻俩一定尽心尽力地养育他、教导他,让他长大成人后能为民造福。"

对于钟成夫妻的祈请,送子娘娘已了然于胸。她对钟氏夫妻二人的品行一清二楚,早有心送他二人子嗣。她到天庭执事巡游,了解到一颗魁罡煞星正准备下凡去历世,就打算将这颗魁罡煞星送给钟氏夫妇为子,但这一等就是二十多天。这天上一天,人间一年,不觉间已经二十多年过去,当年青春年少的一对夫妻,如今已是两鬓斑白,皱纹堆积。

终于,四月初八这天,魁罡煞星准备下凡去完成自己的使命。

当夜,钟氏做梦,先是梦见一颗耀眼的星辰从天空中坠落而来,待得及近,忽然变作一个黑脸虬髯的大汉,手持一柄寒光闪闪的宝剑,直奔自己的胸怀而来。钟氏吓得惊出一身冷汗,醒来才发觉是一场梦。第二天吃早饭的时候,她将这个梦讲给钟

钟馗降生

成，讲罢叹了口气说："也不知这梦会是什么征兆，预吉还是预凶。"钟成柔声安慰妻子说："做个梦而已，无须放在心上。"

一月过后，钟氏忽感身体异样，日日觉得倦怠犯困，无力做家务。钟成以为妻子生病了，立即去周至县城请来大夫为钟氏诊病。待仔细诊过钟氏的脉象后，大夫连连拱手向钟成道贺："恭喜老兄，嫂夫人是有喜了！"

钟氏夫妇听后，自是欢喜不已，于是两个人挑了个吉日，相携到送子娘娘的庙里叩谢。

终南村的乡亲们得知钟氏怀胎之事，甚是为已年近半百的他们感到高兴，陆续送来礼物道贺。隔壁的赵婶子还专门杀了一只老母鸡，炖了老母鸡人参汤，端过来给钟氏补养身体。

转过年来，待到钟氏临盆之日，终南山已是花开草长的初夏之时。这天傍晚吃过饭，钟氏忽感肚子疼痛。钟成赶忙去请来接生的稳婆。稳婆前脚进门，黑黢黢的天空中突然滚过一个炸雷，紧接着，一片乌云都没有的天空下起倾盆大雨。稠密的雨珠又急又大，落到地面如鼓如雷。就在此刻，一个男婴顺利降生。他哭声洪亮，与窗外的骤雨声融在一起。

稳婆将男婴包在襁褓里，早已焦急等待在门外的钟成迫不及待地将婴儿小心翼翼地抱起来。

钟成喜极而泣，当即给孩子起名叫钟馗。

鍾馗小像戊午陸之

☆作者寄语
☆民俗故事
☆画作欣赏
☆影音资源

微信扫码

拜师求学

九道人的故事传到终南村的时候,钟馗听得如痴如醉,心驰神往。他决定爬上终南山,到楼观台旁的庙宇拜访九道人。

钟馗拜师求学

钟馗两岁时，已年过五十的钟氏再次怀胎，次年生下一女，起名叫钟梅儿。年过半百的钟氏夫妇老来忽得儿女双全，自是欢喜异常，儿女绕膝的日子过得平安幸福。

七岁的钟馗长得虎头虎脑，身体健壮，比同龄孩子更显结实。钟馗的面容显得十分怪异，一张圆盘脸，肤色漆黑如铁，配着一双豹眉环眼，闪着晶亮的光芒。有一些不良的乡人会因钟馗奇特的相貌取笑于他。小小的钟馗甚是委屈，跑回家与父亲述说。钟成摸摸钟馗的头，安慰他说："好男儿何须为这副皮囊而忧心费时，最要紧的事是修养品德，心存大志，胸怀众生，济世恤民。"

钟馗听父亲说的在理，频频点头。之后，再有人评论他的相貌时，他就只是一笑而过。

邻村的私塾离终南村有五里远，天寒地冻之时，钟馗需要天不亮就背着课本与母亲给他备好的一天的干粮出发。去往私塾的中途需要穿过一大片黑黢黢的树林，但是小小的钟馗胆识过人，从未害怕过。

钟馗总是第一个到达私塾，在其他人到达之时，他已经将私塾内外的卫生打扫干净，端端正正地坐在自己的座位上开始温书了。先生讲解经书的时候，他屏息静气，认真听着。他聪慧过人且刻苦读书，私塾先生对他喜爱至极。

钟馗小小年纪已能体念父母之不易，傍晚从私塾放学回家，经过中途的那片树林时，就钻进树林里捡拾枯树枝。夕阳西下，浓浓的暮色漫进树林，他才将捡拾的枯枝用草绳捆成一大捆，扛到肩膀上，顺着小路回家。

钟氏站在屋外等着儿子回家，每次看到一大捆枯枝压在儿子稚嫩的肩膀上时，极是心疼。她总是在儿子放下枯枝时，帮儿子轻轻拭去额头上冒出的细密的汗珠。

钟馗也乐于助人，隔壁的赵婶子已年过六旬，年老体弱，很多活儿干起来有些吃力。钟馗会利用温书之余，帮赵婶子挑水，扛回来的枯树枝也会分一半给赵婶子。赵婶子逢人就夸赞说："钟成此生真是积了福德，生下钟馗这样一个品行敦厚的好孩子。"

钟馗拜师求学

钟馗与妹妹钟梅儿在父母的疼爱中渐渐长大。钟梅儿乖巧机灵，钟馗非常疼爱妹妹。到终南村附近玩耍的时候，他一定会带着妹妹。得到稀罕的食物，他自己舍不得吃，带回来给妹妹吃，看到妹妹吃得香甜，他很是开心。

钟馗十六岁时，已饱读诗书，满腹经纶，出口成章。私塾先生不觉喟叹，此时自己的学问已经不及钟馗了。他认为钟馗不但有学识、有见识，而且人品端正，将来必定会是国家的栋梁之材，将来一旦功成名就，为朝廷效力，定是一名清正廉明的好官，可以造福一方百姓。先生敦促钟馗加倍努力，细读深研，参加朝廷举行的科举考试。

钟馗此刻已立下大志，将来一定要为国尽忠，为民效力，报效国家，造福百姓。他谨听先生教诲，愈加刻苦勤奋，常常读书到半夜三更才歇息。

终南山翠竹幽林，天清地芬，自古就是修道成仙之人慕名前来朝拜与修行之地。这一带的乡民茶余饭后都喜欢讲在终南山修行然后飞升成仙的人的传说故事。传说终南山上的楼观台曾是老子写下《道德经》的场所，钟馗曾经三次爬上终南山，到楼观台去探访。站在经历过多年风吹雨打的楼观台极目远眺，山脉起起伏伏，翠树杂花点缀其间，云雾如纱，轻绕山间。钟馗顿觉心中清明，一股难以名状的豪气自胸腹间油然升起，不由得对着巍巍群山吟念："生当英豪，死亦鬼雄。"

某天，楼观台旁边的庙宇里来了一位老道人，鹤发童颜，神态自若，自称九道人。附近隐居的修行人只要见过九道人的无不连连称奇。

天气晴好的时候，九道人背一竹篓，手握柴刀，爬到终南山的峰顶上去采药。附近许多乡人听闻九道人的大名后，纷纷到庙里来请他诊治疾病。九道人也从不推辞，为来者把脉，将自己采回来的药草根据病症抓给病患，且从不收取费用。

夜里，风声渐起，吹过竹林，飒飒作响，伴着风声，附近居住的人们常能听到长剑划破夜空的萧萧鸣响。清冷的月光下，九道人站在楼观台上，徐徐舞剑，身起剑落，身姿轻盈，动作洒脱，像一只休闲踱步的仙鹤，与如水的月光浑然一体。

九道人的故事传到终南村的时候，钟馗听得如痴如醉，心驰神往。他决定爬上终南山，到楼观台旁的庙宇拜访九道人。

钟馗到来的时候，有一小童正站在庙门前迎候。见到钟馗到来，小童迎上前几步，拊掌笑道："师父清早就叮嘱我说今日会有贵客登门，命我到殿门外来等候，不可错过。果然贵客就来了。"小童的话让钟馗很是诧异。

钟馗进得大殿，九道人徐徐睁开眼睛，上下打量钟馗一番，

钟馗拜师求学

缓缓道:"徒儿果然来了。"

钟馗听得更是诧异,自己之前从未见过九道人,也从未与九道人行过师徒之礼,九道人为何开口就直呼自己为"徒儿"?

九道人扫一眼钟馗黑铁一样的脸上不解的神情,手捋颔下银白的胡须,微微颔首道:"缘分之奇妙,天地之道,不稀奇,不寻常,也无须追问。"

听闻九道人之语,钟馗似有所悟,又似无所悟,但是心中有一种释然的愉悦之感。

这时,小童端来两碗冒着热气的斋茶,一碗端给九道人,一碗端给钟馗,对钟馗说:"这茶是用师父从终南山最高峰上采来的天奇草冲泡的,钟施主要多饮用些才是。"

钟馗不知道这天奇草究竟为何物,只是正感口渴,也不客气,端起斋茶豪饮入肚。斋茶落入腹中,只觉一股清气从胸腹徐徐升入脑中,顿感神清气爽。

九道人看钟馗大口喝茶的样子,泯然一笑说:"徒儿心急气躁,秉性难改,当是福,亦当是祸。"

钟馗听得困惑,当下向九道人深施一礼,恭敬地说:"愿听师父赐教。"九道人放下茶碗,悠然说:"天地原为混沌一物,周而复终,无始无终,无师无徒,无赐无教。徒儿只需静守本心、不忘初衷即可。"听到九道人的话,钟馗立感心念透亮,眼界顿开，又向九道人深施一礼。

自此，钟馗只要抽得空闲，就到终南山跟随九道人修炼剑术。九道人的剑术徐而缓，简而拙，一招一式无有称奇之处，但细细揣摩，又无不称奇。

九道人对钟馗缓言道："徒儿，师父所传剑术要记得勤谨修习，以后你自会用到。"钟馗点头，谨记于心。

斗转星移，寒来暑往，不觉间一岁光阴已过。

一日，九道人为钟馗讲道，教他练剑的时间比往常都要久，临别之时，九道人语重心长地对钟馗说："徒儿切记，守住本心，方可万事安然。"待到钟馗告辞下山后，九道人一反寻常，与伺茶小童相携走出，站在庙门前目送钟馗离去。

钟馗一边走一边反复咀嚼九道人今日的叮嘱之语，越想越觉得是临别之语。待走到半山腰，对九道人的万般难舍之情充溢心中，钟馗即刻折返，向山上的庙宇奔去。待他奔进庙中，发现这里已空无一人。九道人与伺茶小童早已不知去向。

再次下山的途中，钟馗反复琢磨着九道人对他讲的话，不觉热泪盈眶，喟然长叹。

☆ 作者寄语
☆ 民俗故事
☆ 画作欣赏
☆ 影音资源

微信扫码

钟成过世

话说钟成已年过六旬，每日仍然辛勤劳作，但是岁月不饶人，体力渐感不支。不过，看到一双儿女健康成长，儿子忠厚实诚，女儿乖巧伶俐，他与妻子乐在心间，喜在眉梢。

钟馗

钟成过世

话说钟成已年过六旬,每日仍然辛勤劳作,但是岁月不饶人,体力渐感不支。不过,看到一双儿女健康成长,儿子忠厚实诚,女儿乖巧伶俐,他与妻子乐在心间,喜在眉梢。

随着钟馗赶考日期临近,钟成心下又有了一块心病。自己与妻子整日辛劳经营几亩薄田,家境穷困,没有积攒下半分多余的银钱。儿子进京赶考,势必需要盘缠,但这盘缠如何筹措,实是让钟成苦恼不堪。

自幼懂事的钟馗自是明了父亲的愁苦心事,思虑再三,想凭借自己写一手好字的本领赚些碎银,贴补家用。等到年关将近,钟馗备好笔墨纸砚,清早便赶了几十里路到周至县城内,摆好纸笔,旁边立一代写"春联"的招牌,想以此赚点儿银钱。

几日前刚下过一场大雪,天气极为寒冷,衣着单薄的钟馗站在街边，被寒风吹得瑟瑟发抖。周至县城街道上的行人难耐寒冷，皆行色匆匆，很少有行人过来询问。他身边经过的人有的坐轿，有的骑马，有的人身着光鲜的绫罗绸缎，大部分人却是身裹素衣布服，还有的人破衣烂衫，破鞋赤脚……钟馗看到这些破衣烂衫的人在寒风中缩着脖子匆匆前行，心下顿生怜悯，想考取功名、为民做事的心意更加坚定。

钟馗站在寒风中等了一个时辰，才有一个老婆婆手握几张红纸蹒跚着上前询问："先生，代写一副'春联'收费多少？"

钟馗对着老婆婆抱拳施礼回答："收费两文。"

老婆婆一听，神情很是踌躇，喃喃道："今年家里添丁添喜，想贴一副'春联'，为的是讨一个吉利，希望从我孙儿这代开始能够识文断字，改变贫苦的命运。没想到写一副需要两文钱。"

看老婆婆身上的衣服补丁重重，钟馗怜悯之心顿生，当即拉住叹着气准备离开的老婆婆说："婆婆，既然如此，小生免费为您写一副吧。"

老婆婆一听，自是欢喜，赶忙将红纸给钟馗递过来。钟馗铺开红纸，拿起毛笔，饱蘸浓墨，略一思索，当即写成"安定清平世，祥和百事成"。钟馗的字遒劲有力，力量中透着端庄。老婆

钟成过世

婆虽不识字,但看字迹漂亮,乐得连连称赞,随即大声招呼路人说:"大家伙儿快来找这位先生写吧!瞧这字写得多么出彩!"

经老婆婆这么一招呼,三三两两的路人围拢过来。其实人们不愿过来找钟馗写,是因为看到他脸黑似铁,络腮胡须浓重,一双豹环大眼精光四射,咄咄逼人,实在不像一个读书人的样子。待围拢过来一看,发现钟馗的字果然比平日卖字人写得好,收费还不高,便纷纷请钟馗代写。

钟馗站在寒风中,为人们书写'春联'。看到极为贫寒的可怜之人,他不但不收费用,还将已经赚来的几文小钱分送给他们。

眼看天色将黑,墨汁也用光了,钟馗才停住笔,收摊回家。他一摸衣袋,发现仅有一文钱,才知今日两文三文地装入袋中的钱又被自己在不知不觉间施舍出去了。路边有个卖糖人的,一文钱一个糖人,钟馗遂用这仅余的一文钱给妹妹买了一个糖人,迎着风寒,风尘仆仆地归家。

回到家中,父母与小妹正坐在灯下等着他一起吃晚饭。看到他脸上、衣服上都沾着墨汁,都认为他收获颇丰。钟馗只好红着脸将糖人递给妹妹,然后不好意思地向父母说明情况。

钟梅儿拊掌大笑道:"哥哥多亏没从家里拿钱出去,否则这拿出去的钱也会没了影子。"

钟成乐呵呵道:"梅儿,不许取笑哥哥,馗儿这么做自有他的道理。馗儿的书没有白读,这一天找馗儿写'春联'的人如此之多,就是我们值得庆贺的一件事。"钟氏在一旁也附和丈夫,夸赞儿子做得对。一家人吃饭聊天,其乐融融。

天有不测风云。转过年来的一天,钟成外出突感风寒,勉强走回家后便卧床不起。钟成把儿子叫到床前,缓言慢语地说道:"馗儿,赶在年节前,爹已到周至县城的李员外家为你筹借到赶考备用的十两银子了。李员外是个善人,听说是你赶考之需,当即取出,讲好将来你出人头地之后再归还,到时你若手头有余钱,多还几两也是应该的。这些银子我已交由你娘保管,切记这笔钱万万不可挪为他用。馗儿,在赴考之前的这段日子,你仍要用功温习,不要再为盘缠而分心了。日后你倘若榜上有名,任个一官半职,切记要心系百姓,做人需以正字立身。"钟馗含泪点头,将爹的话牢记于心。

钟成又把女儿和妻子叫到床前,分别叮嘱了她们一番。

待到晚上点灯吃饭之时,钟梅儿舀了一碗粥端到床前,想喂爹吃下。但钟成执意要下床去与家人同到案几上吃。钟馗即与妹妹一起将爹扶到案几前坐好。

钟成过世

钟成胃口还可以，连喝了两碗粥，额头上冒出一层细细的汗珠，还与家人说笑了几句，一派病症见好的状态。钟馗一直为爹担忧的心也稍稍宽慰了一些。

吃罢饭，钟梅儿小心翼翼地将爹扶到床上，在其身后垫了个枕头，让爹半靠着歇息。钟成舒一口气说："这下舒服了。"说完，缓缓地闭上了眼。

过了一会儿钟梅儿给爹端来一碗热水，轻唤他喝时，半天没有回应。钟梅儿伸手去摇爹的肩膀，仍然没有得到回应。钟成的表情很安详，好像微闭着眼在打盹一样。

钟梅儿顿时明白了什么，手中端着的碗应声落地，她扑上去抱住爹放声痛哭。钟馗扑跪在床边，眼泪也扑簌簌的一个劲儿往下落。

白发苍苍的钟氏过来劝解一双儿女："莫哭了，人活一生，老了谁都要经历离世这一遭。你爹一辈子行善积德，如今走得安详，我们应该为他感到高兴才是。"

钟馗和钟梅儿渐渐止住悲声，开始为爹料理后事。

埋葬过爹后，已是春暖花开的时节，钟馗白天与妹妹到田间劳作，晚上挑灯夜读，到深夜方歇。

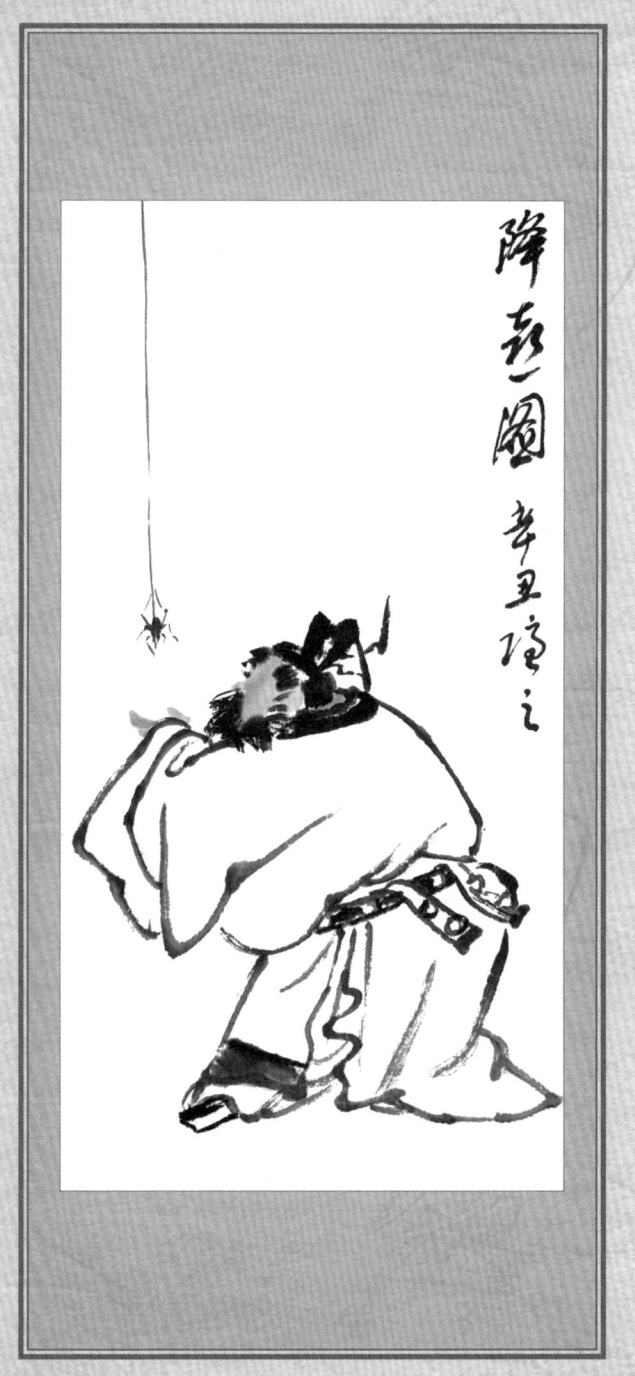
降喜圖

钟馗

☆作者寄语
☆民俗故事
☆画作欣赏
☆影音资源

微信扫码

进京赶考

科举大考的消息昭告天下之后,钟家开始为钟馗赶考尽心准备。母亲钟氏与妹妹钟梅儿为钟馗赶制了两身新衣和两双新鞋,又为他备好路上吃的干粮。

钟馗进京赶考

　　唐德宗贞元十二年，即公元796年，历经几年的削藩终于落下了帷幕，唐德宗没有敌过藩镇的强大势力，最后以痛下"罪己诏"、公开承认自己"失其道"，与藩镇握手言和，结束了这次政治运动。

　　这件事大大挫伤了唐德宗锐意改革、积极进取的政治理想，从此开始了贪恋金钱、流连宫闱、惰于朝政的生活。

　　这时，宰相陆贽在藩镇叛乱平息、政治秩序逐渐步入正轨之后，力主在贞元十二年九月举行科举考试。他希望通过这次科举考试，为朝廷选拔出一些德才兼备的人才，除旧布新。

　　科举大考的消息昭告天下之后，钟家开始为钟馗赶考尽心准备。母亲钟氏与妹妹钟梅儿为钟馗赶制了两身新衣和两双新鞋，又为他备好路上吃的干粮。

从终南山到长安大约需要半个月的时间，过了中秋，钟馗就将行李收拾妥当，准备出发。钟馗出发的这天，天气晴朗，白云悠悠。将钟馗送出老远一段路的钟梅儿高兴地对母亲说："连着七八日都是阴雨绵绵，哥哥今日出发，天却突然放晴，而且还是这么好的艳阳天，这一定是个好兆头，哥哥此番进京赶考，一定会高中的。"

已经白发苍苍的钟氏高兴地连连点头。

钟馗牵着马，回头对还在送自己的母亲与妹妹说："天已寒凉，你们快回去吧，小心受寒。"看着母亲已经日渐佝偻的身形和温婉可人的妹妹，想着自己此行路途遥远，一定会耽搁许多时日，这么长的时间留下她们老弱二人，实在是有些担忧，不觉间眼里已经含泪。

母亲钟氏忍住万般不舍，又一次叮嘱钟馗说："儿啊，一路上要吃好、喝好、睡好，这样才能备足精力赴考，千万别像平日那般，为了省钱，舍不得吃喝。"

钟馗点头，表示自己已经牢记母亲的叮咛。他问妹妹想要什么稀罕物什，说这次到长安一定为她带回。钟梅儿乖巧地说："哥哥高中就是我最想要的礼物。"

钟馗抬腿上马，打马前行，走出很远，回头望去，看到母亲

钟馗 进京赶考

与妹妹还站在原处,向着自己这边翘首张望。他狠下心来,打马离去。

赶考途中,钟馗一路上快马加鞭,风餐露宿,直奔长安而去。一日,路过一处荒僻之境,但见两旁悬崖陡峭,怪石嶙峋,荒草没膝,中间可行走的一条小道穿悬崖峭壁而过,无法骑马疾驰。钟馗觉得这是一处强盗歹人出没之地,不由得提高了警惕,牵着马一边小心翼翼地前行,一边仔细观察着左右悬崖的隐秘之处。

突然,钟馗听到前面一阵嘈杂之声,中间还夹杂着兵器交锋时发出的击打之音,立刻判定,一定是走在他前面的路人遭到了歹人的伏击,一股激愤之情从胸中升起。他把背在背上的铁剑从剑鞘内拔出,紧握在手,紧拉马缰,急速前行。

转过一处弯道,果然看见狭窄的道路上拥挤着十几匹驮着货物的骡马,还有十几个人,其中有五六个穿着黑衫的壮汉,脸上蒙着黑巾,个个手握着刀,正在把另外十多个商人模样的人逼在骡马近前,向慌乱躲避的他们一顿乱砍。他们已经有两个人中刀,捂着鲜血直流的臂膀哭喊出声。这几个身穿黑衫的歹人出刀如此狠辣,看来不仅要截留财货,而且要杀人灭口。

钟馗大喝一声,提着铁剑跳将过去,一剑刺入正要砍杀一名年轻商人的歹人的腹部。黑衫歹人闷哼一声，倒地不起。其余几个黑衫歹人立刻围拢过来，齐向钟馗砍杀过来，刀刀直取钟馗的要害之处。经过九道人指点后的钟馗一直苦练剑术，如今剑术已经十分精湛，这几个歹人哪里是他的对手，几个回合下来，就都被他击倒在地了。这伙歹人知道遇到了高手，难以得手了，遂互相使了一个眼色，搀扶起受伤的同伴，仓皇而逃。

几个被劫的商人愣怔片刻后，逐渐从惊慌失措中醒过神来。他们扶起那两位受伤的同伴，帮他们包扎好伤口。钟馗发现其中一个年轻的商人会一点儿武功，刚才他用剑奋力与歹人拼杀，现下他正镇定地大声吩咐手下将受惊的骡马重新聚拢在一起。年轻商人简单地整理了一下自己在混战中变得有些凌乱的衣衫，大步向钟馗走来，抱拳对钟馗深施一礼，感激地说："在下陈平，谢恩公出手相救之恩。"钟馗拱手还礼。

陈平抬起头来，但见是一位相貌堂堂、仪表不凡的年轻人，钟馗立刻对这位年轻商人生出惺惺相惜之感。

在家丁们重新整理货物之际，陈平与钟馗站在路边攀谈起来。陈平告诉钟馗，自己乃浙江平阳县人士，此行是到长安送货。浙江的绿茶、白菊和红糖在当时已非常有名，长安的这位客商这次所要之物就是这些，此外还有几匹丝绸。

钟馗进京赶考

　　以前往长安送货，都有武艺高强的家丁一路护送，但是不久前，那几位身怀武艺的家丁护送一批货物前往西域，因为路途遥远，一时难以回来。但就在此期间，已合作几年的长安的商铺老板发来加急信，急需一批货物，陈平思虑再三，为了不失信用，决定由自己亲自带几名家丁护送这批货物前往长安。他们这一路都是日夜兼程，唯恐耽搁了交货日期，不曾想在这荒僻险峻处遇到了盗匪。如果不是巧遇钟馗上前搭救，自己与家丁的性命恐怕也就交代在这里了。说到此，陈平对着钟馗再次感激地深施一礼。钟馗赶忙将他扶起。

　　陈平听到钟馗此次是去长安赴考，对他更是敬佩有加。陈平自幼发愤图强，饱读诗书，但是屡屡名落孙山，不觉心灰意冷，从此断了出仕之执念，继承父业，在家经商。

　　既然同是前往长安，陈平便恳请钟馗与自己的商队一路同行。有伴相行，钟馗自是乐意。

　　钟馗与陈平骑马同行，一边走一边交谈，一路下来，两个人甚是投机。陈平初见钟馗，看到他奇特的相貌，已知非一般人，待与钟馗交谈过后，发现其学识渊博，胸怀大志，正气凛然，对其更是敬重有加，还未到长安，就已生出与钟馗结拜的念头，但是担心钟馗对经商之人有成见，便犹豫不决，迟迟不敢开口言明。一路同行，钟馗发现陈平学识深厚，待人诚恳，为人正直，对陈平愈加欣赏。

眼看再过一日就要到达长安,届时两个人必是分道扬镳,心中都是非常不舍。陈平实在不想失去这位知己,终于忍不住说出积在心头几日的话:"不知兄台是否乐意与小弟行结拜为盟之好,永世亲为手足?"

钟馗本是性情豪爽之人,听陈平道出心意后,当即抚掌大笑,连声称好。

此时,夕阳西下,暮色正浓,一行人找了一家客栈投宿。陈平甚是欢喜,都等不到天明,当即向店家借了香烛,点燃后,与钟馗双双跪在香案前,举行了结盟之约。两个人互道年龄,钟馗为兄,陈平为弟。两个人对天起誓:"从今日结盟始,我二人即情同手足,虽不能同年同月同日生,但求同年同月同日死。"

第二日到达长安,离考试还有三日。陈平执意给钟馗在离考场不远的长安街上租了一家上好的客栈,之后才领着家丁去给商铺的老板交付货物。他们约好待钟馗大考完毕,陈平即过来与他把酒言欢。这三天陈平不叨扰义兄,好让其可以好好温习功课,全力备考。

陈平走后,钟馗简单梳洗后,便开始用心温习。店小二喊他吃饭,他才下到客堂来。待坐定后,钟馗才发现这里的客人多半

钟馗进京赶考

是此次赴京赶考的。因为目的相同,大家很快便熟络起来,相互攀谈。钟馗一边吃饭,一边听着大家闲聊。

但听坐在他近旁的一位举子说:"我刚刚找卜卦的先生测了一字,不是很吉利。我这一趟算是白来了,今年功名恐怕依旧与我无缘。"

另一位举子说:"兄台不要灰心,卜卦之人多是胡编乱造,怎可信得?"

这位举子叹着气说:"据说这位卜卦的道人与一般卜卦者不同,测字极灵。我也是听一位熟人介绍才过去测的。"

旁边的一位举子问:"请问兄台,这位道人的卦摊位于何处?"

这位举子答道:"出了门,一直顺着街道往前走,走到尽头左转,不久即可看到。这几天前去求测的举子很多。"

钟馗虽然学识渊博,满腹经纶,但是对于自己这次能否考中,也没有十足的把握。他的内心也同其他举子一样,有些忐忑不安。听到他们的交谈后,他心下不禁一动,心想自己何不去求测一卦,看看自己今年的运气如何,求个心里踏实。吃过饭后,钟馗便踱出客栈,向卦摊走去。

按照举子所说路线,钟馗果然看到了一个卜卦的摊子,摊前围拢着几个求测的人。测字的先生正在和求测的顾客说着话,看到挤进来的钟馗，上下打量了他几眼，捋一捋颔下的长髯说："这位先生如果也想求测，就写一个字吧。"

钟馗略一思索，接过卜卦之人递过来的毛笔，蘸了墨汁，将自己姓名中的"馗"字写到了纸上，对测字先生说："烦请先生看看我今年的考运如何。"

此人拿起钟馗写的这个"馗"字仔细打量一番，沉吟道："现下正是九月，先生字中首占九月，一定会高中。但是'首'字又被抛到一边，说明会发生意想不到的灾祸呀。"

钟馗听到自己会高中，自然十分高兴，但是卜卦之人又说会有意想不到的灾祸，这灾祸从何而来，又因何发生？他思虑半天也找不到一个由头，只好暗自叹口气，安慰自己说："是福不是祸，是祸躲不过。"

三天之后，大考之日，长安城内封闭了几年的考场重新打开，待朱红色的大门徐徐开启之后，早已等候在门外的众举子便鱼贯而入。主考官陆贽身穿官袍，头戴官帽，正襟危坐在主考台上。今年的考题是宰相陆贽亲自拟定的，题名为《大国治安论》。大唐经过几年与藩镇的对抗和战争，虽然眼下重回太平局面，但是朝廷上下不安定的因素非常多，随时都有再发生战乱的可能。朝廷急需选拔出有政治谋略和学识渊博的人才，为大唐效

力。

　　钟馗拿到试卷一看题目，即刻成竹在胸。国家之长治久安、繁荣富强本就是钟馗平日经常思虑之事，他曾阅读各种经典著作，也是希求能从中找出治国安邦之论述。于是，他略一思索，便开墨落笔，用不多时，一篇文采斐然、论述精妙、字迹工整的文章就一气呵成。

　　结考的钟声响过，钟馗将自己的试卷呈递上去，之后随着众举子走出考场。

　　此时，陈平已经与商铺老板交接完货物赶到了客栈，正在焦急地等待钟馗结考归来。见到钟馗，他赶忙迎上去询问感觉如何。钟馗谦虚地答道："自觉还好。"陈平已了解钟馗为人谦逊，他说"还好"，必定是考得极好，真心为钟馗感到高兴，赶忙将已备下的好酒开启，吩咐店小二将店内的招牌菜尽数端来。他要为钟馗好好庆贺一番。

　　钟馗本就极爱喝酒，闻到酒香扑鼻而来，不觉咧开嘴大笑起来。平生第一次交到陈平这么一位待人真挚的朋友，钟馗非常高兴，加之大考完毕，心情放松，兴致顿起，在义弟面前也不客气，撸起袖子，摆好杯盏便开始倒酒。

　　陈平自有豪爽之气，看到钟馗如此不拘小节，便也放开平日的拘谨，与他推杯换盏，谈笑风生。二人先用酒杯，后来实是嫌弃酒杯小酌太不过瘾，遂换成大碗。不多时，一坛好酒已经见底。

钟馗豪爽地拍着陈平的肩膀说："哥哥此番若能高中，谋得一官半职，必然倾尽全力为民办事。陈平小弟，你看这世上穷苦百姓、衣衫褴褛者为何如此之多？他们吃不饱、穿不暖，而那些王公贵族生活奢靡。陈平小弟，哥哥明白你见不得这天下之黑暗，不想混迹其中，只想洁身自好。但是哥哥与你的想法不同，哥哥决心与这黑暗斗一斗，也不枉哥哥我来这世间走一回！"陈平听后，不免对这位义兄又增添了几许敬佩之情。

钟馗与陈平直喝到深夜方歇。第二日钟馗直到日上三竿才起床。陈平比钟馗起得早，已在客栈的大堂等候了，想邀钟馗一起到长安的街市上逛一逛。他已来过长安几回，对长安的街面已不陌生，知道钟馗此番是第一次来长安，想领着钟馗好好转一转。

钟馗醉后一夜酣眠，醒来心情大好。陈平提议出去逛一逛长安城，他欣然同意。二人出了客栈，顺着街道往前走去。此时的长安城虽然已显现一些萧条景象，但昔日繁华之景还未完全褪去，街道两旁店铺林立，大街上人潮涌动。

在幽静偏僻的终南村待久了，钟馗对长安的繁华热闹一时

钟馗进京赶考

还不能适应，紧紧跟随在陈平身侧，生怕两个人一不小心就会被挤散了。陈平觉察到义兄的局促，体谅地放缓步子，不时地在某个店铺前停住脚步，流连一番。钟馗对陈平的体贴和周到自是十分感激。

陈平此番领钟馗出来还有另外的用意。他曾听钟馗提及，家中还有老母和一个妹妹，既然自己与钟馗已经结拜为兄弟，那么义兄家中的老母与妹妹也就是自己的老母与妹妹。自己琐事缠身，无法亲自去拜访，那就购买一些礼物送给老母与妹妹，略表自己的心意。陈平心思极细，一路上随意走便随意问钟馗："家中小妹平日最喜欢什么？"

钟馗一时被陈平问住，不知如何作答。他性情本有些大大咧咧，平日也极少关注妹妹喜欢什么。他不觉有些脸红，觉得自己这个哥哥实在有些不称职。他停顿一下，脑中仔细回想，忽然想起钟梅儿曾经在吃饭的时候，称赞过同村的一个女孩子头上插着的发簪好看，当时羡慕之情溢满双眼。如此一想，他对陈平说："我们到发簪铺面看看如何？"

陈平当即明白，小妹钟梅儿定是钟爱此物。他们寻到店铺，走进去。说实话，两个年轻男子面对铺中琳琅满目的女性首饰一时有些发蒙，不知从何选起。好在店家过来殷勤询问："二位可是要给家中内人购买礼物？"陈平赶紧点头，询问店家簪饰摆在哪里。店家领着他们走到发饰摆放的位置。陈平平日做生意，对款式众多的发簪也不感到稀奇，但钟馗瞅着这些发簪就觉得有些眼花缭乱。

钟馗拿起一枚凤尾花的发簪问陈平："这款如何？"陈平与钟馗畅饮时听他说起妹妹的一些生活细节，大致判断出这位小妹性情娴静温婉，漂亮俊秀，知书达礼，乖巧懂事，心下认为她应该不喜欢凤尾花，于是拿起一枚打造精巧的梅花发簪说："小妹应该更喜欢这款吧？"钟馗一下子想起妹妹名为"梅儿"，对梅花也是钟爱至极，平日的绣帕也多是选梅花图案，便拊掌大笑道："义弟居然比我还了解小妹，真是与小妹心意相通呀！"钟馗这一句话说得陈平立刻红了脸。

钟馗这一言既出，猛然心念闪动，盯着眼前风流倜傥的陈平左看右看，突兀地问陈平："义弟是否已有家室？"陈平红着脸回答："还未曾定亲。"钟馗想到小妹也到待字的年龄了，自己有时还为此忧虑，常常祈愿小妹能遇到自己的意中人，这眼前的陈平不就是现成的如意郎君吗？但转念一想，万一陈平与小妹互相看不中对方，自己牵错了姻缘，岂不是害了两个人。由此一想，冲到嘴边的"义弟娶我妹妹可好"便又咽回肚子里。钟馗拍拍陈平的肩膀说："等我这次返回终南山，义弟一定要来家里看看。"陈平当下应诺。

二人选好簪饰出了店铺,继续往前走去。因为为妹妹相下了陈平这样一位品行高洁的好夫婿,钟馗游玩的兴致大增,看到长安街上走过的每一个人都觉得可爱起来。

夜讀圖 戊戌秋隱之

☆作者寄语
☆民俗故事
☆画作欣赏
☆影音资源

微信扫码

魂散金殿

"可恨我钟馗胸怀满腔报国志,为这般朝廷效力,也是辱没我的一片丹心。我羞于与尔等腌臜之人为伍!"说罢便向旁边支撑大殿的粗大的金柱撞去。

钟馗魂散金殿

　　陈平本打算陪着义兄一起度过等待放榜的日子,他相信义兄可以高中,到时一定要大摆宴席为他庆祝一番。但是家中老父突然身染重疾,家丁快马加鞭赶到长安,催促陈平赶紧回去。陈平深感为难。钟馗得知后,便催促陈平速回,到老父床前尽孝为大。钟馗备了一份礼物交托陈平带给家人,叮嘱他一路小心。他豪爽地拍着陈平的肩膀说:"倘若我此次有幸高中,安顿好一切事宜后,一定到义弟家去拜访。倘若难以高中,我也会找机会前去拜访,不久我兄弟二人即可团聚。"

　　陈平听钟馗这样说,心下稍安,收拾好行李,与众家丁快马加鞭,疾驰而去。

　　宰相陆贽与众考官加紧判阅考卷,当他阅到钟馗的考卷时,看到工整的字迹中露着豪放洒脱,整篇文章立意深远、气势磅礴，有理有据，历史典故信手拈来，文采斐然，当下欣喜不已，又与其他两份优秀的考卷对比过后，毫不犹豫地提笔在钟馗的考卷上写下"一甲"批语。陆贽对钟馗的文章爱不释手，又一口气连读三遍，感叹道："大唐又得一治国之才也！"待阅卷结束，众考官立即进宫向唐德宗禀报结果，将几位考官一致推选出的几份文采出众的考卷呈递给唐德宗。唐德宗也曾发奋读书，雄韬满腹，现下拿起钟馗的试卷，文章中难掩的雄心激荡之意令他振奋起来，大声叫好，高兴地对陆贽等人说："此人真乃栋梁之材，可为我大唐所用，就定此人为今年科甲第一的状元！"遂提笔，在钟馗的考卷上加上御笔亲批的标记。

朝廷放榜这日，钟馗同其他举子一样，终于盼到张贴皇榜的官员出来，将金纸墨笔的榜单张贴出来。众人立刻如潮水一样涌向前。钟馗正思忖着如何挤到前面去，就听挤在前面的人高声喊道："今年的新科状元是钟馗。"钟馗以为自己听错了，这时又听更多的人喊起来："新科状元是钟馗！"钟馗听得真切，心内立刻如擂鼓一样激动，十几年的寒窗苦读，今日总算金榜题名，家中老母与小妹也一定在翘盼他的好消息。钟馗思及家中老母、小妹和已经离去的陈平，在这里，无人可以分享自己的喜悦之情，心中略感没落，慢慢踱回客栈。

钟馗魂散金殿

不多时，几个官差进到客栈里来，由店家领着直奔钟馗的房间。官差传旨说，明日辰时，钟馗需穿戴齐整，到金銮大殿上拜见当今圣上，当今圣上要面见新科状元。

第二日辰时，金銮殿上文武百官集结，唐德宗由几名宦官护持，坐在大殿正中的龙椅上。宰相陆贽手执朝笏，向唐德宗躬身请奏："新科状元钟馗恳请觐见。"唐德宗手一挥说："准奏。"

早已等候在大殿外的钟馗由一名执殿武士引着走进大殿。这是他第一次登上大殿，悄悄往左右一观，大殿两旁分站的文武百官虽神情肃穆，但很多官员的脸上都显露着傲慢与不屑的表情。他心中已生出不快之感。

新科状元进殿，文武百官不约而同侧脸来观，好奇今年又会是哪位贵家公子有幸摘得文魁星。当看到钟馗身着破帽、破朝靴、破袍子走入大殿，一派寒酸之气，心中甚感诧异。等看到钟馗环眼豹鼻，虬髯横张，脸黑如铁，更是倒抽一口凉气，纷纷小声议论起来。

钟馗随着执殿武士一边走进大殿里来，一边听到两边文武百官中有些人发出的不屑与贬损的言论，感觉一股寒气从脚底直升胸腹。他强忍怒火，双目直视前方，昂首挺胸。

钟馗在大殿正中站定，虔诚跪下，向坐在龙椅上的唐德宗叩首，声音洪亮。唐德宗缓声说："钟馗，抬起头来，让朕瞧瞧。"钟馗抬头望向唐德宗。唐德宗双目落到钟馗黑铁一般的脸上时，不觉倒抽一口凉气，微皱眉头，心中暗想，这新科状元长得也太出人意料了，天下居然还有这等丑陋之人。

窦文贤长着一颗奸诈玲珑心，看到唐德宗皱眉的表情，立刻猜到皇帝的心意，不失时机地上前一步，手持朝笏，毕恭毕敬地向唐德宗施礼说："陛下圣明，臣曾闻圣贤言，相由心生，心善面善，有风骨才会有君子骨。我大唐所有建功立业者皆风流倜傥，俊雅美颜，几任先皇也遵从此理，从不曾任用貌丑畸斜之辈，以防辱没我巍巍大唐之风骨。"窦文贤这一通看似言之有理的奏告纯属胡诌。他不通文墨，这"圣贤之语"也是他东拼西凑来的，自己说着都觉得心虚。

大殿上一些有学识的官员听到窦文贤之言，不觉哑然失笑。但是平日那些巴结窦文贤的官员纷纷站出来，向唐德宗奏请。陆贽听到这些官员满口胡言乱语，气得颔下花白的胡子抖动不已。

唐德宗此刻宿醉未醒，对这些聒噪之声不走心地听着，偶尔点下头似在表示赞同，其实只是为了掩饰自己的困顿而已。

钟馗站在大殿之上，听着众朝臣对自己毫不掩饰的讥讽与打压之语，又见皇帝一副萎靡不振的模样，羞愤与失望之情陡然

钟馗 魂散金殿

升起,激愤的热血在心中奔涌。他在某个朝臣聒噪之际,倏然大喝一声道:"可恨我钟馗胸怀满腔报国志,为这般朝廷效力,也是辱没我的一片丹心。我羞于与尔等腌臜之人为伍!"说罢便向旁边支撑大殿的粗大的金柱撞去。他死志坚决,扑向金柱之力道甚猛,但听"嘭"的一声,他的额头撞在金柱之上,鲜血四溅开来。待执殿武士慌忙跑上前查看时,钟馗已气绝身亡。

宰相陆贽心疼地一跺脚,愤然大叫道:"如此人才被尔等生生害死,大唐的气数是要尽了!"

钟馗撞大殿金柱而死,也撞醒了精神不济的唐德宗。他望着已经气绝的钟馗,看到他的旧袍破衫,瞬间想起自己平藩镇失败后出逃时的落魄模样。他有些后悔自己刚才附和这些心怀不轨的官员的行为。他原也不是昏君,怎能不识忠贤与奸佞呢?但是,事情已经难以挽回。他只好下令,由宰相陆贽亲自操办钟馗的后事,御赐钟馗新袍加身厚葬,给予其家人抚恤。

陆贽眼含热泪领命,吩咐众武士为钟馗穿上新官袍,戴好新官帽,穿上新朝靴,放入棺椁之中,厚葬。

消暑圖 陸之珥興

☆ 作者寄语
☆ 民俗故事
☆ 画作欣赏
☆ 影音资源

微信扫码

玉皇大帝的敕封

"钟馗在天为魁星时,职责是专门驱赶天庭的那些污浊之气与邪祟魔神的,人间也有很多奸佞横行,有些恶鬼邪魔也使得良善百姓叫苦连天,不如封钟馗为降魔捉鬼真君,下到凡间捉鬼除魔,造福百姓去吧。"

钟馗 玉皇大帝的敕封

话说钟馗羞愤之下触金柱而亡后,心中的一口怨气仍然凝结着,致使魂魄难以消散。

他的魂魄从大殿里一路飘飘摇摇地飘出来,游结在金銮殿的檐脊之上,放眼茫茫天地,不知道该何去何从。

长安城的西城门边上建有一座城隍庙,值守城隍庙的土地公正端坐在庙中。

钟馗的魂魄望见这座城隍庙,便飘飘摇摇进得庙来,跪拜过土地公后,询问土地公自己现在该去哪里寄身为好,这城隍庙可否让自己暂居一时。

看着一身正气的钟馗的魂魄,土地公长叹一声说:"钟馗啊,实是造化弄人。你原是天上的一颗魁星,下凡历劫。送子娘娘感念钟成夫妻二人淳朴善良,将你投胎到钟家。一般下凡历劫的天人都要在人世经历一番红尘劫难,历劫的日子够了,还要重返天庭。谁料你性情如此刚烈不屈,凡间历劫之路还未走完就自了性命。阎王殿的生死簿上没有你的名字,所以他那里也不敢违规收你。你想暂时留在我这里虽也可以,但并非长久之计,你还是去面见玉皇大帝,看他如何决断吧。"

此刻,钟馗的魂魄还心存绝望和震怒,愤然道:"我自出生之日起从未生过半点儿害人之意。我刻苦求学,一心只想着报效国家,为民谋福。谁料想,当朝官员奸诈贪婪,鱼肉百姓,实是让人难以容忍。我如今变为一缕无依无靠、无家可归的魂魄,四处游荡倒也无妨,只是忧闷从此再难以侍奉家中老母,照顾弱小的妹妹,实是我生而为人的一大憾事。"

听钟馗说得在理,土地公却只能无奈唏嘘。

他对钟馗的人品和才华极为赞赏,眼下突发难料之事,他也只能好言相劝,捋着雪白的胡须说:"钟馗呀,不要再在小老儿的这座小庙耽搁下去了,去天宫找玉皇大帝吧,若耽搁时日太久,小老儿恐你的这口怨气一散,魂魄不结,侍奉老母与照顾小妹的心愿就更是无从谈起了。"

钟馗的魂魄听土地公言之有理,向他深施一礼,出了城隍庙,如一缕轻烟,飘飘摇摇向天庭而去。

钟馗 玉皇大帝的敕封

钟馗的魂魄来到天庭的南天门，正赶上天庭休班，南天门朱红的大门紧闭。无奈，他只好守在南天门旁边的台阶上，默默等候。

此刻，钟馗的魂魄虽已再无感于人间的饥饿与冷暖，但一口怨气凝结着，曾生而为人的七情六欲依然在。他从脚下悠游飘荡的祥云间隙望向人间，看到百姓熙熙攘攘，便思念起母亲、妹妹和陈平来，不知此刻他们是否已经知道了自己的遭遇。如已经知晓，他们定是悲痛欲绝，自己却无回天之力，遂顿感一阵无助与绝望。

钟馗的魂魄好不容易守到南天门大开之时，却被看守南天门的天兵阻拦在门外。

今日值守南天门的天兵未曾接到放钟馗的魂魄进门的旨意，用叉戟挡住了他。好在镇守南天门的二郎神正好带着哮天犬巡游到门口。

二郎神已经听说了钟馗在人间的遭际，十分同情他，也感佩他的行为，此刻二话没说，将钟馗破例放入南天门，还给他指明了去天宫的路。

金碧辉煌的大殿里，玉皇大帝与王母娘娘正在喝茶聊天，突然，守门官进来通报："人间的钟馗求见。"

玉皇大帝和王母娘娘听后都大吃一惊，刚才太白金星已来禀告过，不久前一颗魁星下凡去历劫，原本要在人世待够几十年，历经红尘诸苦方可再返天庭。谁知这颗魁星心性太过刚烈，性情执拗，历劫的时日还未到，就已一头撞死在了金銮殿上。

他们三个人正在商议该如何合理安置这颗魁星才好，还没有商量妥当，他却已经来到了天宫门外，恳请觐见。

玉皇大帝略一沉吟，吩咐值守天兵将钟馗的魂魄带进来。

钟馗的魂魄进得大殿来，给玉皇大帝与王母娘娘叩首，之后讲述了自己的遭遇。

玉皇大帝一时间还没有想好该如何安排钟馗，感到非常为难。

这时，王母娘娘突然心中一亮，说："钟馗在天为魁星时，职责是专门驱赶天庭的那些污浊之气与邪祟魔神的，人间也有很多奸佞横行，有些恶鬼邪魔也使得良善百姓叫苦连天，不如封钟馗为降魔捉鬼真君，下到凡间捉鬼除魔，造福百姓去吧。"

玉皇大帝一听，此建议不失为一良策，便问跪在大殿上的钟馗的魂魄是否愿意。

钟馗的魂魄觉得不能以人身除暴安良，不妨就以这缕魂魄之态造福百姓吧，遂表示愿意。

玉皇大帝遂下旨正式封钟馗为降魔捉鬼真君，位列道家众仙

钟馗 玉皇大帝的敕封

之中。

另外,玉皇大帝特意恩赐钟馗一把削魔如泥的降魔捉鬼神剑,助他降魔捉鬼。

从此,钟馗云游四方,哪里有恶鬼邪神危害百姓,他就出现在哪里,斩妖除魔,诸恶鬼听到钟馗的名号,都会瑟瑟发抖。

不須用劍自威嚴戊戌陳夫

☆作者寄语
☆民俗故事
☆画作欣赏
☆影音资源

微信扫码

巧遇小鬼小懒

钟馗看这个小鬼机灵滑稽,本性善良,双手将他扶起,对他说:"小懒,以后你就跟随我,照顾我的饮食起居吧。"

钟馗 巧遇小鬼小懒

　　话说钟馗拜别天庭返回人间，落在长安街上。长安街一如往日繁华热闹，人来人往，川流不息。有一店铺门口围着一群人，其中一人正眉飞色舞地与众人讲："你们听说了吗，那个窦文贤昨日死了，听说是从马上跌下来摔死的。依我看，一定是那位叫钟馗的新科状元的鬼魂来报仇，把他勾走了。你们说，还有王法吗？就因为人家长得丑了点儿，就强词夺理地不许人家当状元，人家可是实实在在考中状元的。活该他窦文贤遭此报应！"

　　其他人纷纷点头，应和着，觉得此人说的有道理。

　　钟馗只在天庭中逗留了一天，人间已过了一年。一年间发生了许多变故，窦文贤昨日居然也归阴了。

　　钟馗听着众人的议论，心情大好，迈着轻快的步子一路走出长安城，向终南山赶去。他以前刻苦读书，极少有闲心出来游山玩水。这回升任降魔捉鬼真君后，暂且不似当年繁忙劳顿，心意平息下来后，就想好好欣赏一下这人间的山山水水，草木繁花。

钟馗逍遥自在地一路前行，经过一片荒山野岭时，忽闻有哭声传来，听着很是凄惨。但前面有一个低矮的土丘挡着，一时看不清哭者究竟为何人。

钟馗加快脚步转过这个土丘，看到一个小鬼靠坐在土丘之上，眼泪流满脸颊，哭得异常悲切。钟馗定睛细看，这小鬼长得也太难看了，顶着一头粗针一样的乱蓬蓬的红发，凸目獠牙。

这小鬼感到有魂魄靠近的气息，立刻止住了哭声，抬起一双泪眼望向走近的钟馗。钟馗看他满脸泥污，被泪水一洗，又用手胡乱一抹，脸脏的像一只黑猫，不觉笑出声来。

钟馗的笑声惹恼了这个小鬼，他立刻龇了獠牙，恼怒地说："你这丑陋不堪的大鬼，别人有伤心事，你却幸灾乐祸，真是没有良心的东西！"

钟馗被这小鬼的一番言语逗的又是一阵哈哈大笑，说："你这小厮，自己哭得丑陋不堪，还来嫌弃我。咱俩不过是小巫见大巫而已。"

小鬼不快地说："你这无聊的大鬼，人家心情不好，原想痛痛快快地哭一场，然后认命，你却非要来打扰，真是烦人！"

钟馗巧遇小鬼小懒

　　钟馗看这小鬼鬼头鬼脑的实在可爱，顿生怜爱之情，问："你这小厮，为何伤心啊？是谁惹你啦？"小鬼噘着嘴说："何须'小厮、小厮'叫个没完，实在是没有礼貌。我有自己的名号。"钟馗大乐，道："好吧，你的名号是什么？""小懒。"

　　钟馗一听，差一点儿又笑出声，好不容易忍住，说："听你这名号，为人之时也不是很勤快吧！"

　　小懒听钟馗问起，立刻想起自己为人时的事，点头道："你这大鬼猜对了，做人之时，我确实不是那么勤快。这名字还是我娘帮我起的。我娘说，希望这样能提醒我不要那么懒惰。但我还是很懒，为我娘做的事情很少。我虽然懒，但是我很爱我娘。有一年冬天，我娘突然生病了，想吃鱼，我能不去河里为我娘捞一条鱼回来吗？可惜，我跑到冰面上砸了一个大窟窿，眼看一条大鱼就要被我钓上来了，谁知我踩脱了冰，掉进冰窟窿里，就此丢了性命，变成孤魂野鬼了。"

　　钟馗疑惑道："怎么就成孤魂野鬼啦？你不得被鬼卒拉到阎王大殿去受审吗？""去啦，"小懒叹一口气说，"到了那里，阎王爷翻开我的生死簿查阅一番，说我还不到寿数，就责令鬼卒去查。鬼卒查了一番回来禀报说，实是因为我太懒了，砸冰窟窿不到冰厚之处，为了省力，选择了冰薄之处，踩塌冰层掉到河里自是当然，纯属我个人的责任。阎王爷因为我寿数不到，不能收我,责令鬼卒将我放出来,让我自生自灭。"

钟馗听后又不禁失笑,看来这小鬼本质不坏,又问道:"那你就此自生自灭好啦,怎么还落得个如此伤心痛哭的地步?"

小懒叹道:"其实我也是这般想的啊,从此乐得个逍遥自在,若是想念母亲了,还能随时回去探望。谁知我正乐得在一片树林里小憩,就遇到了一个凶猛的母夜叉。她一把将我抓住,喝令我替她办差。这母夜叉狠恶至极,要吃活人的心练功。她命令我去附近的村庄将人诱惑到这里,好供她食用。你想啊,我若听从这母夜叉的吩咐,为虎作伥,阎王爷要是知道了,还不派鬼差来捉我回去严加审问啊!这母夜叉刚才又逼迫我去诱惑村民,我死不从命,她就将我毒打了一顿。我因此伤心,躲在这里偷偷地哭。"

这母夜叉居然如此嚣张、恶毒,听得钟馗怒从心中起,睁圆了眼,问小懒:"这母夜叉现在藏身何处?"小懒看钟馗气得吹胡子瞪眼的,赶忙说:"这位大鬼,你还是快点儿走吧!这母夜叉吃了不少人心,功力非凡,一般的鬼怪都斗她不过。一会儿若是被她发现,捉了你去,你也会同我一样倒霉了。"钟馗道:"你不用担心,告诉我这母夜叉现在的藏匿之处即可。"

小懒看钟馗心意坚决,又看他身材魁梧,背后背着一把剑,

钟馗 巧遇小鬼小懒

虽然头戴小破帽，脚蹬旧朝靴，着一袭破袍子，但整个人看上去还是威风凛凛的，心想：说不定眼前这位丑陋的大鬼真的身怀绝技。若他真能打败母夜叉，自己不就可以摆脱现在这种痛苦的处境了吗？如此一想，便站起来，领着钟馗转过这个土丘，指着远处的一棵已枯死的大柳树说："柳树下有一个荒废的地窖，那母夜叉就藏在窖内。现下应该正在窖内打坐练功呢。"

钟馗几步跳到大柳树前，果然发现树下有一个阴森森、黑黢黢的窖口。他从背后抽出降魔捉鬼神剑，剑尖指向窖口，大声喝道："窖中妖孽，快快出来受死！"

话说这母夜叉毒打了小懒一顿后，气呼呼地飘回洞中，坐下来打坐，却一时难以平静下来，正在思考如何才能逼迫这小鬼就范。如若这小鬼最终还是不肯听从她的命令，她就干脆将这小鬼撕碎，让他从此灰飞烟灭。正在心烦意乱之际，忽听得洞口有声音传来，比破铜锣敲出来的声音还难听，这母夜叉心想又是哪个不想活命的送上门了。她恼怒异常，一下子从地窖里飞身上来，立在钟馗面前。

钟馗定睛一看，这母夜叉张着一张血盆大口，惨白的面容扭曲得像一只倭瓜，一双眼阴森森地放出冷光。钟馗不与她多言，挥起降魔捉鬼神剑，兜头就向这母夜叉刺去。

这母夜叉仗着自己吃过数颗人心,邪功甚有威势,原不把钟馗这平平一剑放在眼里,谁知钟馗的剑刺到头顶处时,她顿时感到这宝剑闪现的森森寒意,明白这剑威力巨大。但这时她再想躲避为时已晚。钟馗的剑快若闪电,后面跟来的小懒还没看清是怎么回事呢,母夜叉已经被钟馗的降魔捉鬼神剑刺中,身子立刻委顿在地,不多时化作一摊恶臭的脓血。

小懒见状,立刻高兴地拍手叫好:"啊呀!你这大鬼原来这般厉害呀!我刚才真是失礼。"当即跪下给钟馗连磕三个响头,说:"感谢恩公救命之恩!"

钟馗将降魔捉鬼神剑插回剑鞘,伸出双手扶小懒起来,问他:"你这小家伙,此后作何打算呀?"

小懒抬手胡乱一抹鼻涕,落寞地答道:"想回去看看我娘,之后去哪里还不知道。从阎王殿上来的时候,我听押解的鬼差说,玉皇大帝新封了一个降魔捉鬼真君,叫钟馗,我极想拜他老人家为师。但你这了不起的大鬼想想看,钟馗怎会收我这不起眼的小鬼为徒呢?"小懒失望地摇晃了几下乱蓬蓬的红头发,连连叹气。钟馗含笑说:"小懒,你看我这个大鬼像不像降魔捉鬼真君?"小懒吸吸鼻子,打量几眼钟馗,说:"降魔捉鬼真君应该没有你这般丑陋寒酸吧。"

钟馗被这小鬼说得有些急眼了,暴脾气上来,双手环抱胸前

钟馗 巧遇小鬼小懒

说：" 你这小鬼，怎么可以以貌取人！你不也长得奇丑无比吗，还敢来笑话我？我就是钟馗，你决定吧，要不要拜我为师！"

小懒此刻也看到了降魔捉鬼神剑上面的天宫御赐标记，兴奋地再次跪下，给钟馗磕头施礼，大声说："师父在上，小懒给师父磕头了！"钟馗看这个小鬼机灵滑稽，本性善良，双手将他扶起，对他说："小懒，以后你就跟随我，照顾我的饮食起居吧。"小懒当即点头，问钟馗："师父现下可想吃些东西？是否需要小懒去为师父找一些吃食来？"

经小懒这么一提醒，钟馗顿觉饥肠辘辘，一挥手说："找一些来。"停顿一下又说："如果能找来一大壶好酒更好。"

小懒领命而去。

钟馗坐在地上歇息一会儿，小懒已经去而复返，背上背着一个布袋，里面装着美味的酒菜。小懒在钟馗面前将吃食一一摆出，乐得钟馗眉开眼笑。钟馗这一顿开怀畅饮极是尽兴，不觉有些微醉，一坛酒已经见底。

稍歇片刻，师徒二人开始赶路，直奔终南山而去。

納涼圖 歲在戊戌秋月 雨廬隱之

☆ 作者寄语
☆ 民俗故事
☆ 画作欣赏
☆ 影音资源

微信扫码

母亲离世

师徒二人风尘仆仆地赶到家时,母亲钟氏正病卧在床,身体孱弱,原是花白的头发已经全白了。

钟馗

母亲离世

钟馗与小懒一路风尘仆仆，没用多久，已到达终南山。话说终南山上有一座清虚观，镇守清虚观的老道人掐指一算，算到钟馗今日要到。老道人自觉法力不够，想着如果能将钟馗请到自己的庙内居住，请钟馗帮助自己震慑附近的妖魔鬼怪，造福四邻百姓，实是一桩美事。于是，老道人携伺茶小童早早守候在钟馗将要经过的路口。

离家渐近，钟馗想赶紧回家看看老母亲和妹妹的心念逐渐浓烈起来。自己突遭变故，已经过去这长时间了，她们一定已经知道了自己离世的消息，心下必定悲痛，也不知道她们现在的境况如何。但是，小懒没有钟馗练就的功力，跟着钟馗风驰电掣般跑了一阵之后，就累得气喘吁吁，双腿乏软，迈不动步了，可怜兮兮地哀求钟馗道："师父，咱们能不能稍微慢那么一点点，弟子现在觉得再多跑几步，小命就要没了。"小懒皱着眉、苦着脸，一双小眼睛可怜巴巴地盯着钟馗，满是乞求之意。

钟馗看小懒着实可怜，叹息一声，一把将小懒拖到自己的背上，叮嘱一句："抓好为师的肩膀，摔下去小命才真是呜呼了。"他背着小懒腾云驾雾，一路飞奔，小懒只觉得自己好像在云端飞翔，乐得开心大笑。钟馗由着他在自己的背上玩闹。

老道人眼看一团黑雾从前面的路上滚过来，赶紧上前拦下。钟馗赶忙刹脚，用力过猛，差一点儿摔一个跟头。老道人赶忙施礼，诚惶诚恐地表达歉意，说明自己想请钟馗到清虚观暂住的心意。他唯恐钟馗不答应，表现出了十二分的诚意。

钟馗本还没有落脚之地，这一路赶来，还思忖自己到哪里居住为好。清虚观老道人如此至诚邀请，令他十分感动，二话不说，当即点头答应。老道人喜上眉梢，领着钟馗直奔清虚观而来。

老道人早已为钟馗打扫好了一个上等房间，只是忽然多出一个小懒，令他措手不及。伺茶小童与小懒几番对话过后甚是投缘，随即邀约小懒与自己同住，小懒自是十分乐意。

吃过斋饭，稍稍歇息一下，钟馗就迫不及待地要赶回周至县终南村的家中去看看。原本他不想带着小懒，但是这个小鬼软磨硬泡，硬说自己既然已经是师父的弟子了，自是需要去拜见一下

钟馗 母亲离世

师父的老母亲和妹妹。钟馗只好应允，让他跟着自己。

师徒二人风尘仆仆地赶到家时，母亲钟氏正卧病在床，身体孱弱，原是花白的头发已经全白了。

钟馗在金銮殿上撞柱而亡的消息先是由到京城办差的邻人带回，母亲钟氏与妹妹钟梅儿听后极为震惊，但内心还存有几分渺茫的希望，钟梅儿安慰母亲说："娘，道听途说的消息多半是假的，哥哥走的时候意气风发，哪里就会遭遇如此不幸呢。"钟氏也安慰自己似的说："梅儿，你说的没错，你哥哥自幼心地善良，好人会有好报的。"

待到官差拿着抚恤银两上门报丧的时候，钟氏一口痰噎在喉咙吐不出来，当即昏厥过去。钟梅儿痛哭失声，哭成一个泪人儿。钟梅儿虽看似柔弱，内心却坚忍顽强。她哭过之后，静静听完官差的叙述，知道哥哥已经被当今圣上加披新袍厚葬，心下稍感宽慰。她将苏醒的老母亲扶到床上歇息，然后给哥哥设立了一个亡灵牌位，放置在爹爹钟成的牌位旁边，点燃三炷香，跪下磕了三个响头，虔诚祝祷。

母亲苏醒后就卧床不起了。钟梅儿跑到周至县城内请来大夫给母亲看病。曾经给钟氏把过喜脉的大夫如今也已白发苍苍。他给钟氏把过脉后，将钟梅儿拉到一个角落，摇头叹气说："你母亲的病无法治好了，一来她已年迈，二来你哥哥的死对她打击太大，她已经不存求生的愿望了。给你母亲吃些顺口的东西，床前尽孝吧。"

钟梅儿的眼泪"吧嗒吧嗒"地直往下掉。待大夫走后，她强忍悲痛，走到母亲床前，帮她掖好被角，强挤出笑容对母亲说："娘，您安心养病，大夫说了，过不了几天您就可以痊愈了。"

母亲只是微微点一点头。

钟馗与小懒赶到家时，钟梅儿一只手握着娘的手，另一只手为娘整理散在鬓边的乱发。钟馗看娘被病魔折磨得憔悴不堪，见妹妹虽面上带着笑容，但侧转身时，眼泪止不住地从眼角滚出，心下立刻大痛，"扑通"一声跪到娘的床前，"嘭嘭嘭"连着磕了三个响头，泪珠扑簌簌地滚落在地上。钟馗回来看娘了，娘却无法感知自己的存在。

钟馗痛哭流涕，小懒一面淌着同情的眼泪，一面想扶师父起来。但是钟馗哭得犹如一摊烂泥，任小懒如何用力扶他，就是扶不起来。

钟氏的脸上忽然露出了久违的微笑，轻声对钟梅儿说："娘觉得，你哥好像回来了。你哥生前爱喝酒，身上总是有一股酒味，娘好像闻到这股酒味了。"

钟馗听到娘这么说，赶紧止住哭声，低头闻闻自己的身上，

钟馗

母亲离世

好像没有酒味,转头疑惑地问小懒:"我身上有酒味吗?"小懒皱起鼻子闻一闻说:"好像有,又好像没有。"

钟梅儿以为娘发烧了,用手摸一摸,娘的额头是温的,没有发烧。钟梅儿双手合十,祈请道:"哥,要是你的魂魄真的回家来了,你就帮帮娘,让娘的病赶快好起来吧。"

钟氏微笑着说:"你哥又不是大夫,哪里会给人看病,梅儿莫要为难你哥了。"

面对娘的病,钟馗确实束手无策,他倏然想起,如今只有掌管生死簿的阎王爷能救娘了,拔腿就往外走。

钟馗大步流星出得门来,刚走出终南村就迎头碰到周至县土地庙的土地公。白发苍苍的土地公向钟馗施礼问道:"钟状元,你这急匆匆地,是准备去哪里?"钟馗一把拉住土地公,焦急地问:"您老人家可知如何找到阎王爷吗?"土地公惊疑地问:"钟状元找他干什么?"钟馗眼泪溢满眼眶,哽咽道:"我娘生命垂危。我想恳请阎王爷手下留情,救救我娘。"土地公冲着钟馗又施一礼,规劝道:"钟状元,生老病死,天地法则,他不过是遵循法则办事。你为了救你娘去求他,不是让他为难吗?话说回来,你因何而死小老儿也有所耳闻了。你才被玉皇大帝封为降魔捉鬼真君,如今就要为了老母亲的事徇私情,这日后还如何施行你身负的职责呢?"

听土地公这么一说，钟馗不觉惭愧，红了脸。母亲身患重病，生命垂危，身为人子，难以替娘分忧，他深感惭愧与不安。如今听土地公说的话句句在理，他深陷两难境地。

土地公看钟馗已然流露出为难之色，遂又说："钟状元，你不如顺其自然，节哀顺变吧。"

钟馗点点头，不禁潸然泪下。

钟馗向外奔出时，小懒来不及跟上，只好依旧守在钟梅儿的旁边。这个漂亮又温柔的姐姐看得他欢喜不已，赶忙从怀中取出自己珍藏已久的一对金玉耳环放在钟梅儿的梳妆台上。待钟梅儿发现这对贵重的耳环时，立刻惊疑地叫出声，然后自言自语道："家中今日无外人来过，怎么会出现这么贵重的东西，难道是从天上掉下来的不成？"

钟梅儿将耳环用帕子小心地包起来，放进梳妆匣内，急得小懒抓耳挠腮，不知如何向钟梅儿讲明这是自己送给她的见面礼。就在此时，钟馗闷闷不乐地返回家中，重新守在母亲的床前。小懒看师父心情不好，不敢造次，乖乖地随伺在师父身侧。

钟梅儿喂母亲喝过半碗粥后，扶着母亲躺下，母亲很快就睡着了。病后的这些天，她难得睡得这么安稳。钟梅儿守在母亲床前，本是想替娘驱赶那些飞来飞去的蚊蝇，奇怪的是，今日的蚊

钟馗 母亲离世

蝇好像着了魔法,只是在远处"嗡嗡"乱飞,却不似往日靠近床前来。她哪里知道,小懒正在帮她奋力驱赶蚊蝇呢。

许是没有蚊蝇叮咬的缘故,钟氏这一觉睡了很久,近黄昏时才醒来。醒来后,钟氏声音柔和,对钟梅儿说:"梅儿,将柜子里娘的寿衣取来,帮娘穿上。"

钟梅儿的眼泪立刻止不住地掉下来,说:"娘,您的病很快就会痊愈的,穿寿衣干吗?"

钟氏嘴角露出一丝笑容说:"娘刚才梦见你爹了,你爹说他要拉一头毛驴来接娘走。他很快就要来了,万一到时来不及穿上那新衣裳,还穿着这身旧衣裳随你爹去,怕他看着伤心。"

钟梅儿哭着说:"娘,你梦到哥哥了吗?"

钟氏笑一笑说:"你哥倒是没梦到,他就爱读书,估计正在忙着读书呢,顾不上与你爹一同来。但是娘肯定会见到他的。"

钟馗站在床边,听娘这么说,心如刀绞,眼里噙满了泪水。

钟梅儿哭着去柜子中取了娘的寿衣来,扶起娘,仔细帮娘一件一件地换上。

钟梅儿眼看着娘慢慢闭上了眼睛,睡着了一样。她那枯瘦的手逐渐失去了温度,最后冰冷僵硬起来。钟梅儿放声痛哭。

钟馗看着这一切,默默落泪。

终南村的邻居知道钟氏走后，可怜钟梅儿孤苦无依，纷纷跑来帮忙。众人跑前跑后，有钱的出钱，有力的出力，将钟氏的后事办得极为妥当。

待母亲的后事办完，钟梅儿的情绪逐渐恢复如常，虽然孤苦无依，但可以如之前那样过日子后，钟馗才准备领着小懒动身返回清虚观。

小懒有点儿舍不得离开钟梅儿，噘起嘴不肯走，钟馗揪住他的耳朵，哭笑不得地说："我们不是游手好闲之人，我还有职责在身呢。"

小懒一听才停止要赖，乖乖跟在师父身后，回到清虚观中。

☆ 作者寄语
☆ 民俗故事
☆ 画作欣赏
☆ 影音资源

微信扫码

再收徒弟

钟馗冲着四个仍旧跪在自己面前的小鬼一挥大手说："徒儿们，都起来吧！今日收了这乌龟精后，我们回去就喝庆功酒！"

钟馗再收徒弟

清虚观的道长听闻钟馗探家返回,非常高兴,亲自跑过来看望。伺茶小童更是高兴,一方面他与小懒可以尽情玩闹,另一方面,有钟馗镇守清虚观,之前那些烦扰清虚观的大魔小妖肯定不敢再出现了。

这几日,小懒与伺茶小童玩儿得不亦乐乎。有时老道长有事呼唤伺茶小童,却找不到他的踪影。两个小鬼头早就跑到后山玩闹去了。

伺茶小童问小懒:"你想不想再结识四个同你一样大的小鬼?"

"在哪里?"小懒颇感兴趣,赶忙问道。

"他们就住在清虚观后山上的一个岩洞里。他们同你一样,长得很丑。"

小懒冲着伺茶小童翻了一个白眼，很不高兴，说："你长得好看似的。瞧你那双绿豆似的小眼睛，比死鱼的眼睛还难看呢！"

伺茶小童也不理会他，只当他是过嘴瘾，兀自高兴地说："不过，他们四个小鬼心眼儿挺好的。有一回，我瞒着师父到后山上去摘野果，一不小心掉进一个岩洞里，呼喊救命，是他们听到了，跳进洞中，手忙脚乱地把我救了出来。"

"那我们这就去找他们吧！"小懒高兴地翻了一个筋斗说。在他看来，心眼儿好比什么都重要。这四个小鬼既然心眼儿好，那他就准备同他们交朋友啦。

伺茶小童却蹙起眉头说："想找他们玩儿没有那么简单。"

"为什么？"小懒不解地问。

伺茶小童苦起脸说："主要是因为他们四个被一只乌龟精控制住了。清虚观的后山上有一个积了千年的深水潭，有只老龟住在潭里，也不知道什么时候成精了。那乌龟精喷出一股黑烟冒出潭水，来到岸上就可以幻化成一个驼背的小老头。乌龟精不伤人性命，但极度贪财。有一回半夜，乌龟精悄悄溜进清虚观来，抱了一尊纯金塑像，拔腿就走。师父发现了，与乌龟精打斗在一起。但是师父的法力修为还比较浅，斗不过这只乌龟精，师父被打得晕头转向，在床上躺了好几天才好。金塑像最后还是被乌龟

钟馗再收徒弟

精抱走了。师父觉得这是很丢面子的事,不准我外传。"

小懒撇撇嘴说:"这有啥丢面子的,法力不如人,输了很正常嘛。我们一起去降服这只乌龟精如何?"

伺茶小童迟疑着说:"好像不妥吧。师父的法力都斗不过他,我只够他塞牙缝的。我看你的法力也够呛。"

小懒被伺茶小童说的脸都羞红了,强辩道:"我们都不行,那我师父总可以吧!"

伺茶小童拊掌赞叹道:"你师父肯定能制服他。"

"那还等什么,走吧!"小懒立刻骄傲起来。

伺茶小童依然有些迟疑,说:"还是不行,你不知道,这乌龟精有一招法术,能从嘴里往外喷黑烟,喷到谁身上,谁就会被这黑烟散发出的烂鱼腥虾似的臭味熏晕过去。那四个小鬼就是被他用这招法术给逮住的。""这乌龟精也不害人,熏了那四个小鬼来有何用呢?"小懒好奇地问。

伺茶小童回答道:"你不知道他嗜财如命到什么地步,我是见过一次。四个小鬼从一个大财主家偷来一棵金子做的发财树,当时我躲在一块岩石后面,看到这乌龟精微闭着的眼睛突然睁的有铜铃般大,发出贪婪的目光,真是可怕。他熏了那四个小鬼回来,逼着他们每天为他寻找财宝。若是他们不乖乖听话,他就用黑烟熏他们。这四个小鬼曾恳求过我,希望我师父可以去解救他们，但是我师父心有余而力不足。现在你师父来了，他们有救了。"

小懒撸起袖子说："我们这就去吧！还迟疑什么呢？"

伺茶小童说："我觉得就我们俩去有点儿冒险，万一被乌龟精发现，熏晕了，那就叫天天不应，叫地地不灵了。"

小懒一听也有道理，还是先去禀明师父，请师父一起去比较保险。于是，他俩相随着跑到了钟馗的房间。

钟馗正端坐在房间里的一张小几前看书，两个小鬼头一顿叽叽喳喳地叙说，待钟馗听明白后，生气地问："居然还有这等贪财的乌龟？"

小懒用袖子胡乱抹了抹快淌到嘴唇上的鼻涕说："师父，天下之大，无奇不有，我们去看看不就知道了。"

钟馗脾气急，当即起身，把降魔捉鬼神剑背到背上，跟随两个小鬼头一起出了门，直奔清虚观的后山而去。

清虚观的后山高耸入云，白云浓雾围绕在半山腰，密林幽深，乱生的灌木不时挡住道路，猴子攀缘在高大的乔木上，麋鹿与獾狐听到动静，惊跳起来钻进灌木丛。钟馗打量一下周遭，喟叹道："这山中阴气如此之重，难怪会藏匿着乌龟精。"

再说这四个小鬼。附近村落的宝贝已经被他们偷光了，今

钟馗再收徒弟

天他们跑了好远,找了大半天,还是没有发现一件值钱的东西,只好垂头丧气地回来了。乌龟精坐在潭边等了很久,已经很生气了,发现他们空手而归,更加震怒,有心将他们都熏晕算了,但转念一想,这一熏,这四个小鬼至少半个月都没有力气出去寻找金银珠宝了,看在财宝的份儿上,就饶他们这一次,只罚他们饿两天肚子吧。乌龟精教训了四个小鬼一番后,气呼呼地跳回深潭中的洞府里睡觉去了。这四个小鬼跑了大半天的路,又饥又渴,这会儿正挤在阴暗潮湿的岩洞里,一边冻得瑟瑟发抖,一边无助地大哭。

伺茶小童在前面带路,不多时,就走到四个小鬼藏身的岩洞前。钟馗从岩洞顶往下一看,只见四个挤在一起的小鬼皆是红头发,蓝脸蛋,铜铃一样的眼睛,鸟一样的尖嘴,骨瘦如柴,比小懒长得还丑。他们四个听到动静,一起抬头,睁着含着泪水的眼睛,可怜巴巴地看向洞顶。待看清是伺茶小童后,惊叫起来,示意他赶紧走,小心被乌龟精发现。

这四个小鬼着实可怜,钟馗怜悯之心顿起,招手示意他们到洞外来。他们看钟馗是一个长相丑陋的大鬼,刚开始有些害怕,待仔细一看,发现他虽然面容丑陋,但是眼睛里充满正直和善之意,惊恐的心渐渐平息,止住哭声,沿陡峭的岩洞壁攀爬上来。

小懒开朗活泼,是个自来熟,加上伺茶小童在旁边介绍,很快便与四个小鬼熟稔起来。几个小鬼头亲热地嬉闹在一起，好不热闹。钟馗重重哼了一声，小懒赶忙跑到钟馗面前，指着钟馗对四个小鬼说："这是我师父钟馗。"四个小鬼赶忙跪下，一起磕头，齐声喊道："师父。"小懒立刻急了眼，说："你们不能叫师父！这是我的师父，不是你们的师父！"四个小鬼不听小懒的聒噪之语，还在"嘭嘭嘭"地磕着头，嘴里连声说："师父、师父。"小懒急得直跳脚，说："都说了不是你们的师父，还叫！你们要尊称我师父为'钟状元'，知道不？"

四个小鬼仍然不听，口中连呼"师父"。他们看到眼前的这个大鬼神态自若，丝毫没有畏惧乌龟精的神情，又看他背后背着一把长剑，一看就是法术高超的鬼。既然他是小懒的师父，那自然就是他们的师父啦，他们以后跟定这个大鬼了。

小懒噘起嘴说："你们几个真是的，想拜我师父为师，总得有个拜师仪式吧，一通乱叫'师父'就变成你们的师父啦？"

钟馗本就怜心大起，又看他们如此，心想："收了他们也好，让他们跟着自己，省得到处流浪。万一再被哪个黑心的妖怪抓去，不得已做了坏事，那才是自己的罪过呢。"钟馗看小懒噘着嘴一副不乐意的样子，"哈哈"一笑说："你当初不也就是这么给我磕了个头吗，还要什么拜师仪式？"

"我可是给您抱来了一坛上好的酒作为见面礼呢！"小懒还

钟馗再收徒弟

是有点儿不太乐意。

四个小鬼一听送酒就可以完成拜师仪式,赶忙说:"这好办,我们也可以找到上等美酒呢。那酒闻一闻就能醉倒。"

钟馗开怀大笑起来,对小懒说:"别噘嘴了,都收了吧,这几个小师弟还能帮着你干活儿,你也不孤单了,是不是?"

小懒听师父这么一说,才又眉开眼笑起来。

钟馗冲着四个仍旧跪在自己面前的小鬼一挥大手说:"徒儿们,都起来吧!今日收了这乌龟精后,我们回去就喝庆功酒!"

四个小鬼高兴地一跃而起,高声欢呼。

乌龟精正伏在潭底的洞府中休息,忽闻岸上传来聒噪声,吵得他觉都睡不成了,立刻大怒,心想:是谁这么胆大妄为,小命不想要了?自从他在这一带"威名远扬"后,附近的大妖小怪们经过积水潭的时候都是悄无声息的,唯恐惹恼了他,被他口中喷出的黑烟熏晕。乌龟精原本懒得挪动,心想忍忍就算啦,谁知这聒噪声好似没完没了,实在让他难以忍受。乌龟精怒气冲冲地冲出潭,来到岸上,一转身幻化成一个驼背的小老头,眼睛鼓突,满脸树皮一样的褶子,丑陋至极。

钟馗就怕这乌龟精缩在深潭里不现身,自己不会潜水,奈何他不得。现下看这乌龟精一副有恃无恐的样子,也很恼火,一探手抽出背着的降魔捉鬼神剑，剑指乌龟精骂道："呔，你这老精怪，你成精就成精，好好修炼法术，不要危害人间，大家相安无事也就罢了，谁知你这老精怪贪婪成性，还怂恿众小鬼去偷窃金银珠宝，真是活得不耐烦了！"

这乌龟精早已听闻钟馗被玉皇大帝敕封的消息，若论法力，他也不惧与钟馗较量一番，但看到钟馗手中拿着的玉皇大帝亲赐的降魔捉鬼神剑，就有点儿泄气了。这神剑发出的刺目寒光震慑妖魔之威力本就十分强大，加上钟馗武功高强，自己哪里能斗得过？趁钟馗不注意，乌龟精一屈身现回原形，"扑通"一声跳回潭里，无论钟馗如何叫骂，就是不肯出来。

乌龟精沉入潭底不肯再现身，钟馗与徒弟们大眼瞪小眼，不知如何是好。还是伺茶小童机灵，说："乌龟精嗜财如命，我们用财宝将他勾引出来。"

四个小鬼中的一个骨碌碌地转了几下眼珠，说："我们有一次看到乌龟精鬼鬼祟祟地从积水潭对面的那个岩洞里走出来，我猜他的那些金银珠宝就藏在那个岩洞内。"

钟馗领着几个小鬼头绕过积水潭，仔细搜寻，果然发现了一个极为隐秘的岩洞。几个小鬼头率先进入岩洞。岩洞的入口很潮湿，洞壁上生满了滑腻的青苔，还有水滴不断滴下来。大家小心

钟馗再收徒弟

翼翼地往前走，经过几个弯道，顿时觉得眼前金光闪闪，分外耀眼。大家定睛细看，岩洞里的空间一下子开阔了很多，里面堆满了金银珠宝。这些珍奇异宝耀眼夺目，令大家大开眼界。

伺茶小童看见乌龟精从清虚观大殿里抱来的那尊金塑像就放在这里，立刻跑过去抱了起来，但是金塑像太重了，他用力过猛，差一点儿摔个大跟头。钟馗看着这满洞的金银珠宝，吩咐他们将这些都搬到洞外去。几个小鬼头卖力地搬运起来。金银珠宝实在是太多了，他们一趟又一趟地搬。将金银珠宝全部搬出岩洞耗费了大半天的时间。中途伺茶小童抱着金塑像回了清虚观，将金塑像恭恭敬敬地安置在大殿的供台上。之后又跑到观内的厨房，包了几十个出笼不久的点心，提了满满一壶茶，急匆匆地跑出来，不曾想迎面撞上了师父。老道长看自己的徒儿这般模样，立刻生疑，责问他出了何事。伺茶小童看瞒不过师父，便如实道出。老道长赶紧跑进大殿，看到丢失的金塑像完好无损地供奉在大殿之中，好一阵激动。他没有指责徒儿，还替徒儿背了点心，师徒俩一起来到后山的积水潭边。

待来到潭边，老道长看到堆积成一座小山的金银珠宝在夕阳下发出耀眼夺目的光芒，钟馗和他的五个徒儿正坐在旁边歇息。早已饥肠辘辘的他们一看有点心与茶，便狼吞虎咽起来。待吃饱喝足后，钟馗冲着积水潭大喊道："老精乌龟，你再不出来，你搜刮来的这些金银珠宝我们就都带走啦!"喊完哈哈大笑起来。

乌龟精缩在洞府之中,听到自己多年搜罗的宝贝就这么一散而空了,心在滴血,终是没忍住,从潭底一跃而出,跳到岸上。看到自己心爱的宝贝全部暴露在光天化日之下,气得全身战栗。它运气、呼气,使足了全力,准备将眼前这大鬼、小鬼、老道通通熏晕,自己趁机带着这些金银珠宝逃之夭夭。

钟馗哪里会给它机会。待乌龟精运气之时,钟馗已经如一道闪电跳将过来,寒光闪闪的降魔捉鬼神剑已经架到了乌龟精的脖子上。他本想一剑斩下这乌龟精的头,但是一旁的老道长赶紧喊道:"钟状元,手下留情!"

钟馗一手握剑,一手揪住乌龟精,不解道:"老道长,这是何意?"老道长说:"这乌龟精虽贪财,但从未伤过人性命,罪不至死。若他愿意悔改,就放他一条生路吧。"

钟馗听老道长言之有理,用剑抵着乌龟精的脖子喝道:"听到了吗?老道长慈悲,现下就看你要不要悔过自新了!"

钟馗的剑架到乌龟精脖子上的一瞬间,乌龟精就已经幡然悔悟了,心念如电光石火闪过。只因当年在积水潭中偶然捡到一个路人失手落入水中的一块碎银,看银白闪亮,爱不释手,遂将其捡回洞府中,于孤独寂寞时赏玩,不想一念成痴,迷了心窍,自此开始贪恋金银珠宝,最后却因此要丢掉自己千年修来的精气与

钟馗再收徒弟

法力，实是不值。听到钟馗的大喝之语，他立即跪倒在地，表示自己从此洗心革面，镇守积水潭，保佑四邻百姓平安。

钟馗看乌龟精诚心悔过，遂将剑插回剑鞘。

乌龟精向钟馗连连道谢，随后屈身在地，现出原形，跳入积水潭，沉入潭底的洞府之中，从此潜心修炼，无事再也不轻易出得潭来。

钟馗看着堆积如山的金银珠宝开始犯愁，不知道该如何处理为好，询问老道长。老道长也犯了难，最后一致决定还是将这些金银珠宝藏入原来的岩洞比较好。这个岩洞洞口隐秘，不会被歹人轻易发现。这乌龟精在性命攸关之际顿悟之后，自是对这所谓的珍宝再无贪恋之念，还可以帮着继续看守这些宝贝。

多年后终南山发生了严重的蝗灾，老道长将这些金银珠宝陆续取出来，换成粮食，救济百姓，挽救了不少人的性命。这是后话不提。

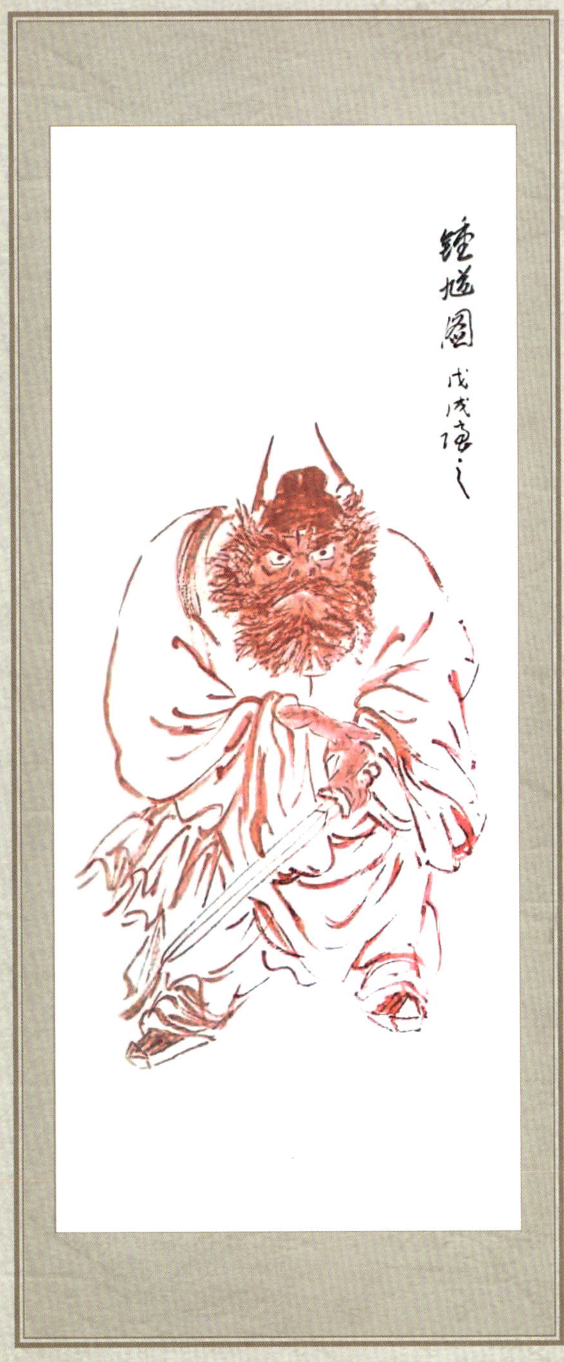
鍾馗圖

☆作者寄语
☆民俗故事
☆画作欣赏
☆影音资源

微信扫码

探望陈平

钟馗看见陈平安然无恙,心稍宽慰,想到在长安的时候与陈平相对而坐,畅谈豪饮的场景,仿佛是做了一场梦。

钟馗探望陈平

某日,钟馗坐在案几前看书,忽然感觉困顿,以手肘托腮,小憩一会儿。在似睡非睡中,似听得妹妹在呼救:"哥哥,快来救我!"朦胧中,钟馗似乎看到几个邪恶男子想要轻薄妹妹钟梅儿。钟馗遂醒,惊得额头上冒出一层汗来。

钟馗连呼小懒,但这几个小鬼头整天在一起玩儿得不亦乐乎。清虚观本是清修之地,这几天被他们吵翻天了。老道长很是生气,但是骂也骂不得,打也打不得,只好任由他们胡闹。这会儿他们又跑到后山上疯玩儿去了。

钟馗看半天呼不来这些小鬼头,就任由他们去,自己背好降魔捉鬼神剑出得门来,与老道长打过招呼,直奔终南村而去。他风驰电掣一般,瞬间已进了家门,只见家中已一片混乱。

钟梅儿原本一个人在家中读书,突然从门外闯进五六个男子来，为首的是邻村一个财主家的儿子，其余人是他手下的家丁。这人已年过四旬，家中娶有五房妻妾。钟梅儿有一次陪母亲进周至县城赶集，他看到后，就对钟梅儿的美貌垂涎三尺。他曾托媒人来提亲，被钟氏一口回绝。如今，钟家只剩下钟梅儿一人孤苦无依，他歹念顿起，心想，他亲自上门提亲，要钟梅儿做他的小妾，假若她不同意，他就强抢了去，反正现在已无人替钟梅儿做主了。

这个财主的儿子打定主意后，便带领几个家丁闯进门来。进门后便腆着一张脸，露出淫邪的笑容，对钟梅儿说："钟妹妹，哥哥来接你回家，赶快收拾收拾随哥哥走吧。哥哥抬来的花轿就在门外候着呢。"

钟梅儿一看来人言语轻浮，早已生出厌恶之意。她心想，大不了一死，遂镇静自若地问："请问，阁下是哪位？"

这财主家的儿子立刻垮下脸说："钟妹妹，难道你不曾听过这附近家财万贯的王财主吗？我就是王财主的大公子。钟妹妹若是跟了我，保你一辈子吃香的喝辣的。"

钟梅儿冷哼一声，机敏地说："王公子，娶嫁之事为人生大事，急不得，总得容我考虑几天吧？"

王公子淫笑着说："钟妹妹不急，可哥哥我比热锅上的蚂蚁还急呢，恨不得现下就抱着钟妹妹入洞房了。"

钟馗探望陈平

那几个家丁听主子说得露骨，不约而同地发出淫邪的笑声。

钟梅儿的眉头蹙得更紧了，突然想起哥哥，若是哥哥还在人世，哪里容得这些无赖来欺负自己。钟梅儿顿感无限悲凉，在心中默念："哥哥，你若有灵，请来救救妹妹。"

王公子看钟梅儿半天不言语，就想上前将她拽走。恰在此时，钟馗进门，一看眼前的情景，震怒不已，当即飞出一脚踢在王公子的屁股上面。这一脚用力极猛，踹的王公子向前飞去，撞在前面的案几上，鲜血顿时从额头上淌下来。他缩在地上，捂住出血的额头，"啊呀，啊呀"地叫喊。

几个家丁眼见着主子凭空直飞向前撞在案几上，变成了这副惨状，甚感奇怪。若说是不小心撞上去的，看着不像，若说不是，这屋内除了他们与那个仍站着没动的钟梅儿，就再无旁人了。难道这大白天的见鬼啦？他们的眼睛都看直了，傻在当地。钟馗瞪起眼，看这几个家丁歪戴帽子，歪眉斜眼就来气，遂绕到他们身后，在每个人的屁股后面都用力踹了三脚。这几个家丁突然感到屁股火辣辣的疼，好像有一股力道推得他们站不稳，都向前跌去。

王公子捂着额头上的伤口，看他的这几个家丁全愣怔在原地，也不懂得过来扶他起来，正要开口大骂，忽看到他们约好似的，齐刷刷地跌在地上，龇牙咧嘴地用手捂住屁股，也不觉呆住了。

钟馗看这王公子一脸淫笑的模样，越看越生气，走上前伸出脚，又在他的两条腿上狠狠踹了几脚。王公子突然感觉腿针扎一般的痛，痛得他顾不得捂额头了，抱住腿"嗷嗷"地叫起来。

钟馗觉得这帮坏蛋教训得差不多了，才望向自己的妹妹。

眼前发生的这一切看的钟梅儿百思不得其解，但转念一想，难道是自己的默默祈祷发挥作用，哥哥在暗中帮助自己？于是她双手合十，微笑地说："感谢哥哥的帮助。"

看到妹妹现下孤苦无依，尽遭坏人侵扰，钟馗又是忧心，又觉她可怜，不禁潸然泪下。

王公子与他的家丁们魂魄都要吓飞了，互相使个眼色，从地上爬起来，你拥我挤地落荒而逃。

屋内顿时恢复平静，不能现身与妹妹相见，钟馗实感悲伤无奈，含泪而去。

回到清虚观的钟馗闷闷不乐，担忧孤苦的妹妹，书难以再读进去，不觉喝起闷酒来。

再说几个小鬼头在清虚观的后山上玩闹了半天，终于玩儿累了，跑回清虚观内才想起师父，赶紧跑进师父的房间里来拜请。

钟馗探望陈平

看到师父黑着一张脸,很不高兴,不觉面面相觑。还是小懒胆子大,跑过来殷勤地提起酒壶给师父斟满喝空的酒杯,小心翼翼地问:"师父有什么烦心事,可否与弟子诉说?"

钟馗抬眼白了小懒一眼:"你这小鬼,一天到晚没个正形,把你四个师弟都带坏了,再不收敛一点儿,清虚观都要被你们几个掀翻了。"

小懒不好意思地摸摸乱蓬蓬的红头发说:"再不敢了,师父。"

钟馗又白了小懒一眼,说:"你这'再不敢了,师父'的承诺我好像听了不下十回了,耳朵都要听出茧子了。我们也就暂且清闲这么几日。师父肩负的使命你们不是不知道,以后万一遇到法力强大的妖魔,师父一人难敌,需要你们帮忙,你们几个这三脚猫功夫如何帮得上?况且,以前伺茶小童多乖巧听话呀,你们几个来了以后,他都被你们带坏啦,老道长都有意见了。从明天开始,不准再出去胡闹了,乖乖待在清虚观,好好练习剑法。"

小懒与四个小鬼互相挤了一下眼睛,乖乖向钟馗施礼道:"谨遵师父教诲。"

大家看钟馗还是高兴不起来的样子,不觉也忧虑起来,纷纷上前恳请道:"师父,您有何难事,与弟子们说一说吧。"

钟馗想:让他们帮着出出主意也无妨。遂将担忧妹妹钟梅儿的心事说给徒弟们听。

几个小鬼听后,不觉都长长舒了一口气。他们以为能让师父如此担忧的事一定是天大的事,原来是这样一件小事,都眉开眼笑起来,纷纷进言献策。

小懒抢先说:"师父,这还不好办吗?最好的解决办法就是把她嫁给一个好人。明天我就与师弟们出去寻访,看看哪家有学识渊博、脾气好还家境殷实的公子,一旦发现,就将他捉了来,与漂亮姐姐成婚。"

四个小鬼中的一个有些结巴,说:"这……这公子要……要是不……不同意呢?"

第二个小鬼装出很凶的样子说:"与漂亮姐姐成婚还不同意?他胆敢表现出一点儿为难的样子,我就狠狠揍他一顿。"

第三个小鬼说:"万一这个公子同意,只是已有妻室,该怎么办呀?"

最后一个小鬼说:"这好办呀,让他休妻再娶。"

大家你一言我一语,说得好不热闹。钟馗哭笑不得,只好举起手制止住几个徒弟的聒噪,说:"徒儿们,实际上师父生前已经为妹妹相下一位可以托付终身的公子。他是师父的结拜兄弟,叫陈平。只是分别日久,不知道他娶妻没有,也不知道他能否相中妹妹,妹妹是否也能看得上他。我实是为此烦忧。"

钟馗探望陈平

小懒一听，赶忙说："师父，这好办呀！让陈平师父来与漂亮姐姐见一面不就成了吗？"

钟馗忧虑地说："也不知义弟现下有空没有。"

几个徒弟一齐回道："师父去看看不就知道了吗？"

小鬼们都觉得有些好笑，师父光顾着忧心了，连这么一个简单的解决办法都想不起来了。

钟馗一听，茅塞顿开，端起酒杯，一仰脖子，畅快喝下，手一拍桌子，高兴道："对呀！去看看不就知道了！"自己担忧妹妹，想念陈平，思虑忧心，居然一时糊涂了。

钟馗性子急，被徒弟们一提醒，起身背了剑就要出门。几个小鬼立即兴奋异常，也要随着师父一起去。

钟馗摆摆手说："终南山离浙江千里之遥，我自己紧着赶路还不知几时才能到达，若带上你们几个，一路上难免耽误时间，猴年马月能到啊！你们几个就在这里守着，静待师父归来。"

小鬼们一听，立刻不高兴了，尤其是小懒，极是委屈，眼泪都快掉下来了，恳请钟馗说："师父，我活到现在还没有去过浙江呢，都不知道那个地方长什么样子。您就可怜可怜我，带我去看看吧。"小懒冲另外四个小鬼一挤眼睛，四个小鬼立刻心领神会，围拢上来，抱住钟馗的腿，齐声央求道："师父，带我们去吧。"

钟馗被几个徒弟缠住，一时不知如何是好。恰在此时，老道长来找钟馗商量事情。其中两个小鬼看到老道长，放开钟馗的腿，扑过来抱住老道长的腿，央求老道长劝钟馗带他们一起去。闹腾了一会儿，老道长终于明白是因何事了，沉吟一下，对钟馗说："钟状元，贫道本想让你再歇息几日方来告知，看现下情形，早一点儿讲与你听也好。你身担斩妖除魔重任，但现下还缺一法力，令你无法完全施展功力。但凡一呼即应的神仙都具备一种法力，那便是'求应一同法'。"

钟馗听得有些糊涂，便问老道长："什么叫'求应一同法'？"

老道长说："这'求应一同法'即拜求你的人话语一落，你即能现身在前，感应同一。你现在还没有掌握这个法术，自是感应不到求者的心声，就算是感应到了，也无法立即现身。"

钟馗赶忙冲着老道长深施一礼，诚恳地说："请道长指点，在哪里可以学到这个法力。"

老道长一捋颌下长髯，微笑道："张天师在终南山最高的那座峰顶上设有一个修法道场。每年的这个时段，他老人家就会来到这个道场修法。你不妨上那峰顶去找他，如果有机缘，他老人家会将这一法术传授给你。"

钟馗探望陈平

钟馗一听,心下大喜,对还抱着自己大腿的徒儿们说:"师父这就上那最高峰去,你们在此守候。待师父学成归来,即刻带着你们同去浙江。"

几个小鬼立刻放开钟馗的腿,钟馗一个闪身即飘出房间,都来不及问老道长此番来要商谈何事。

几个小鬼向钟馗的背影大喊道:"师父,一定要早去早回!"钟馗早已跑没了影儿,哪里还能听得到。

钟馗一路急赶,用不多久,已经来到了终南山最高的山峰前。但看山峰高壁千仞,陡峭险峻,峰壁上长满了高大的灌木,郁郁葱葱。白云如玉带环绕半壁,实是一处修炼的圣地。钟馗手脚并用,拨开挡路的灌木,很快就爬到了峰顶。一登上峰顶,立刻有徐徐的清风扑面而来。峰顶面积不算太大,一块平展的岩石平铺开来,好似人工特意打造。

峰顶的绿树繁花间掩映着一座小庙,小庙前面宽阔平整的一块巨石上盘腿坐着一位长眉白发的老道人,旁边立有一伺茶小童。钟馗远远望去,只觉这老道人和这童子十分熟悉,待几步走到近前,发现这盘腿打坐的老道人不是别人,正是曾传授自己技艺的九道人。

许久不见师父,钟馗甚是想念,如今再次相见,眼眶中的热泪当即涌出来。钟馗紧走几步,"扑通"一声跪在了老道人的面前,激动地高呼:"师父!"

白眉白发的张天师听到钟馗的声音,微微睁开眼睛,平和地说:"徒儿,师父说过,有缘还会相见。如今我们又见面了。"

一旁站立的伺茶小童看见钟馗也很高兴,跑过来伸出双手将钟馗扶起。

张天师示意钟馗坐下说话,钟馗遂在师父面前毕恭毕敬地坐下。张天师开口缓缓道:"徒儿,今日为师在此等候你,是知你必会来。"

钟馗本来心下还存有些许疑惑,听张天师这么一说,细细思索,立刻大悟。

张天师也不再多言,将"求应一同法"的口诀传授给钟馗,叮嘱他口诀念在哪儿,心念随在哪儿,身即在哪儿。

钟馗闭上眼睛,心中细思师父的话,用不多时,即已开悟掌握,自己小试一下,心念一动,身已在万丈之外。他身形轻巧飘回,当即又给张天师跪下磕头,感谢师父的再造之恩。

张天师微微一笑,轻声道:"徒儿下峰去吧。"说罢即闭上眼睛。钟馗原本还想与师父叙叙旧,但张天师神游瑶台,不再顾念眼前之景。伺茶小童对钟馗说:"情是情,情非情;缘是缘,缘非缘。钟状元好自为之。"钟馗立即明白伺茶小童所言何意,

钟馗探望陈平

眼含热泪,口念心动,瞬间已身现清虚观。

钟馗离去后,张天师徐徐睁开眼睛,叹口气,对伺茶小童说:"钟馗为钟馗,别人难学也。"

伺茶小童含笑点头,表示赞同。

话说几个小鬼正在房间等着,冷不防钟馗已站在房中。他神采奕奕,高兴地对几个小鬼呼道:"徒儿们,咱们出发喽!"但看他左手拽仨,右手拽俩,将几个小鬼都甩到自己的背上,吆喝一声:"徒儿们,抓好了!"随即,念起口诀。但见一道黑影飞出门去,几个小鬼只觉耳旁"呼呼"风声不断,还在疑虑之际,就听钟馗口中吆喝:"浙江到啦!"将几个小鬼甩落在地上。

几个小鬼定定神,赶忙睁开眼睛左顾右盼,以为会看到什么不一样的东西,结果发现地还是那土地,水还是那流水,没有什么区别嘛。

陈平曾对钟馗说过,他家在浙江省安阳县城内,府邸建在安阳县城大街的东头,门楼高大宽阔,随便找人打听一下就能找到。钟馗领着几个徒弟来到安阳县城内的城隍庙,安阳县的土地公此时正端坐在庙内打盹儿,看见钟馗领着几个小鬼进来,赶紧站起来,给钟馗行过礼后,殷勤地邀请钟馗坐下说话。钟馗想见陈平心切,也不坐,直接问土地公:"您可识得在这里居住的陈平?"

土地公一听陈平的名字,立刻竖起大拇指赞叹道:"小老儿就知道钟状元要打听的人肯定错不了。别说小老儿因是这一带执事的土地公识得他,就是这方圆百里随便一个百姓,也没有不知道他的。陈平品行端正,讲义气,重感情,心地善良,风流倜傥。现下以经商谋生,是安阳县数一数二的富户。去年安阳县大旱,陈平拿出家里库存的粮食赈灾,救助受灾百姓无数,自己却因此元气大伤,现在家境不似以前了。不过百姓们都念他的好啊。"

钟馗听得高兴,赶忙问出自己急于想知道的事情:"陈平是否婚配?"

土地公回道:"现在尚未婚配。按道理说,陈平已经到了婚配的年龄,上门提亲的人络绎不绝,但是不知何故,他都拒绝了。"

钟馗一听,忍不住"哈哈"大笑,乐得拊掌道:"陈平小弟,你这不就是在等我妹妹呢吗?"

几个小鬼看师父高兴,也高兴地蹦起来。

土地公被弄得丈二和尚摸不着头脑。钟馗也顾不得解释太多,向他深施一礼,从城隍庙走出来,径直奔陈平的府邸而去。

钟馗探望陈平

话说当时陈平与钟馗分手之后，随着众家丁日夜兼程，直奔家中。待风尘仆仆赶回家，父亲已经病入膏肓，只是为见儿子一面，提着一口气强撑着。看见儿子回来，摸了摸儿子的手，本想嘱咐几句，却已经一句话也说不出来，安详地闭上眼睛，辞世而去。父亲对陈平的影响很大。他是受父亲的教诲，与人为善、勤俭持家、诚实守信。父亲突然离世，对他的打击很大。他怀着悲痛难抑的心情料理了父亲的后事。

没过多久，他就听到安阳县的人们在议论，说新科状元在金銮殿上头撞金柱而死。陈平听后极为震惊，不敢相信，以义兄那样豪爽的性格，怎么会想不开呢。为了得到准确的消息，他专程拜会了安阳县的县令大人。县令叹息道："此消息属实。今年的这个新科状元性情实是刚强，宁折不弯。"

陈平从县衙里走出来的时候，感觉自己的魂都没了。想起不久前与义兄大口喝酒，大块吃肉，畅聊天下事，豪气冲天的情景，陈平的眼泪忍不住掉落下来。陈平失魂落魄地走回家后，亲自给钟馗立了一个牌位，供奉在自家祠堂中。陈平知道义兄爱喝酒，在其牌位前特意供上了一杯自家酿的上好黄酒。

钟馗领着几个徒儿到达陈平家宅院的时候，陈平正站在祠堂里给父亲与钟馗的牌位上香。钟馗看到自己的牌位和牌位前的那杯黄酒,眼睛立刻湿润了。

小懒看到陈平仪表堂堂,又见陈平对钟馗如此重情重义,立刻对陈平心生敬意,高兴地对师父说:"真没想到,师父您生前交了一位如此出众的好友。这分明就是漂亮姐姐的如意郎君嘛!"

钟馗听小懒这么说,咧开大嘴笑了起来。

钟馗看见陈平安然无恙,心稍宽慰,想到在长安的时候与陈平相对而坐,畅谈豪饮的场景,仿佛是做了一场梦。而今,他们兄弟人鬼殊途,难以再像从前那样相聚。

是夜,陈平刚一睡着,即看见义兄站在自己的床前,头戴一顶破旧的小皂帽,身披一件破袍子,脚蹬一双破朝靴,依然是面色似铁,双目炯炯有神,正含笑望着自己。陈平不觉悲从中来,哽咽着说:"不是说当今的圣上为义兄新袍加身了吗,义兄为何还穿得如此寒酸?"

钟馗"呵呵"一乐,说:"你也知道哥哥我喜爱自在,新衣一穿,浑身不自在,还是如此装扮符合哥哥的本心。"

陈平关切地问:"不知义兄现居何地,吃穿用度一切可够?我为义兄烧的纸钱、房屋,不知义兄可曾收到?"

钟馗回道:"陈平小弟,我如今已被玉皇大帝封为降魔捉鬼真君,专门捉拿危害人间的恶鬼邪灵。我暂居在终南山的清虚观

钟馗探望陈平

中。"

陈平听后，替钟馗高兴，说："义兄生平抱负在人世时难以施展，离世后总算可以实现了。"说罢向钟馗抱拳施礼，殷切地询问："义兄此次前来探望小弟，可是有用得着小弟的地方？"

钟馗对着陈平深施一礼说："被义弟言中了。哥哥实有一事相托。自哥哥离世后，家中老母也过世了，现在家中仅留妹妹钟梅儿一个人，孤苦伶仃，无依无靠。哥哥实在是放心不下，特意前来恳请小弟代为照顾。"

陈平一听，心下立感惭愧，说："是小弟思虑不周，自小弟归家后，先是老父病逝，紧接着安阳县大旱，刚刚才把一应杂事应付过去。义兄即使不来相邀，小弟也正琢磨着这几天去终南山探望义兄的家人。如今义兄相请，小弟即刻准备，一两日就动身。敬请义兄放心，小弟必当竭尽全力照顾妹妹。"

钟馗听后，心下安然，忽而隐去。

陈平本还想与义兄再絮几句家常，却不知钟馗去向何方，从梦中惊醒，额头上已有一层细密的汗珠。

喜從天降

戊戌隱之

☆ 作者寄语
☆ 民俗故事
☆ 画作欣赏
☆ 影音资源

微信扫码

小妹出嫁

待钟梅儿出嫁之日,她的凤冠霞帔、七彩嫁衣上面缀满各色珠宝,在太阳的照耀下熠熠生辉,美到不可言说。

钟馗 小妹出嫁

陈平梦醒后叫来陈安，吩咐道："去将我与你的马备好，再准备些盘缠，我们即刻出发。"

陈安拱手问："公子，这是急着要去哪里？"

陈平挥挥手说："赶紧去准备吧，路上我再告诉你。"

不多时，陈安已经准备妥当。陈平与陈安各自上马，打马向前，一路直奔终南山而来。

钟馗以及几位徒弟一路上悄然守护在陈平、陈安左右。从浙江到终南山路途遥远，一路上要经过不少偏僻难走的山路，陈平纵然武艺傍身，但究竟会遇到什么危险都是未知数。所以陈平与陈安一路上快马加鞭，风餐露宿，不几日，已经到达终南山周至县境内。

陈平不认识到终南村的路，向一位路过的老翁打听。老翁道："公子可是问对了人，老朽就住在终南村。"

老翁是到县城来采买东西的，东西背在肩上，压的老翁本已佝偻的背更加弯曲了，就吩咐陈安将老翁买的东西搁到马背上，他与老翁一边前行，一边向老翁打听义兄家的情况。

老翁与钟成曾是好友，钟成去世后，老翁很照顾钟馗母子。尤其是钟馗与其母亲前后离世后，老翁更是叮嘱自己的两个儿子，时常去看望钟梅儿。老翁让儿子们手脚勤快一些，看到有什么重活儿就帮着钟梅儿做一做。眼下陈平询问钟家的事情，老翁看他憨厚，不像心存不轨的坏人，就打开了话匣子，从钟成小的时候随父亲搬来终南村说起，到钟成娶妻生子，钟馗长大成人，一直说到钟馗的死。说到钟梅儿时，老翁长叹一口气说："钟家这女娃儿真是品貌双全，温柔善良，如今也到了出阁的年龄，可惜这终南村十里八乡的，能配得上这女娃儿的男子一时寻找不到。这女娃儿心气很高，一般人看不上眼，宁愿独守家中，也不愿意将就出嫁。这可是愁坏了我这个老头子。我正在托媒人四处帮着打听一个可靠之人呢。"

老翁说到这里，警觉性忽然提高，侧过头上下打量了陈平几眼，问："请问这位公子与钟家是何亲缘关系？"

陈平赶忙向老翁拱手说："小生与钟馗是结拜兄弟。"然后将自己与钟馗结识、结拜的经过与老翁叙述了一番，又把自己此

钟小妹出嫁

番前来的目的与老翁讲明，免的老翁心生疑虑。老翁听后心中宽慰，连连夸赞陈平重情重义。

说话间，他们已进入终南村。陈平坚持将老翁送到家门口，帮老翁拿下货物后，才沿着老翁给他们指的路往钟家走去。

待走到钟家大门口时，陈平停住脚步，有些踌躇，对跟随在身侧的陈安说："我觉得最好的办法是接这钟妹妹到浙江与我们一起居住，到时为她择一可靠良人。但若钟妹妹不愿意随我们一同去，该如何是好？"

陈安安慰主人道："我们先进去见了这钟妹妹再议吧。"

陈平觉得有理，遂上前敲门。

话说钟梅儿正坐在屋里看书，听到敲门声，遂从窗户向外张望，看到两个年轻男子站在大门口。

钟梅儿昨夜梦到了哥哥，梦境特别真实。哥哥在梦中与她说，明日会有他的义弟陈平与一家丁前来探望她，叫她不要感到唐突。钟梅儿想他们是哥哥在梦中向她描述的人，于是走出来，给陈平与陈安打开门，行礼道："请问公子可是陈平义兄吗？"

陈平垂眼拱手还礼说："正是。"

陈安定睛一看，眼前的这个女孩儿身姿窈窕，面容姣好，贤淑端庄，声如莺燕，娴静里透着活泼伶俐，不正是自家公子心心念念想要找的伴侣吗？陈平曾在闲暇时分画过一幅仕女图，图中女子的形象与眼前的钟梅儿极为相似。陈安曾到书房给公子续茶，恰好看到那幅图，遂心领神会地一笑。当时陈平极是不好意思，赶忙将图卷好藏起来，解释似的与陈安说："一日夜里无意梦到的，遂画了出来。"此后，很多媒人上门提亲，所拿供选的女子画像无一与陈平所画的仕女相似，陈平遂一一拒绝了媒人的好意。自家公子还说要为眼前的这位钟妹妹觅一位良人，这良人不恰好是公子自己吗？陈安如此一想，不由得笑出声来。

他这突兀的一笑，惹得陈平与钟梅儿颇感奇怪，都向陈安望去。这佳人俊郎的四目约好似的齐齐看来，一双如朗秋，一双如水月，真是般配。陈安更是高兴地大笑起来。陈平与钟梅儿心下满是疑惑，不由自主地互望一眼。四目相对，电光石火一般，两个人不觉都红了脸，微垂下头。陈平看到钟梅儿一头乌云似的黑发上插着的簪子就是自己与义兄在长安时自己亲自挑选的那枚。

当日钟馗撞柱而亡后，官差吩咐店家将钟馗的行李收拾好一并带回终南村。钟梅儿在检视哥哥的行李时发现了这枚簪子，知是哥哥为她买的，拿着簪子失声痛哭，此后她就一直将这枚簪子插在发髻里，以此纪念哥哥。

陈平只扫一眼，就发现这枚簪子与钟梅儿十分相配，当即心中荡漾，生出情意。

钟馗 小妹出嫁

陈安看在心里,对着钟梅儿眉开眼笑。钟梅儿不知这家丁为何发笑,也不好询问,只是将二人让进屋内。

陈平与陈安进屋一看,屋内虽然陈设简陋,但被钟梅儿收拾得清洁雅致,靠窗的案几上还摆着一只瓷花瓶,里面插着一束应是今天清晨才采来的野花,花瓣上还沾有几滴晶莹的露珠,在阳光下闪烁着光芒。花瓶旁有几张钟梅儿随性记下的小帖,字迹清丽雅致,十分好看。陈平心中忍不住大赞。

钟梅儿邀请二人坐下,为陈平与陈安奉上清茶,又忙着做饭。

钟梅儿在厨房忙碌之时,陈安冲自家公子挤眉弄眼,小声说:"公子,咱家一直缺一位少夫人,现在可是觅到了。"

陈平脸一红,轻斥陈安:"不得胡言乱语。"

陈安"嘿嘿"乐道:"我自幼陪公子一起长大,公子的心思,我陈安还能不知?如果不准我胡言乱语,哪天这位钟妹妹嫁了别人,公子得多懊悔呀。我一会儿就去与钟妹妹说明,说什么也得让她随我们回家,告诉她浙江安阳有许多良家公子正在寻姻缘呢,不愁给她寻不下一位可心人儿。"

陈安打趣完自家少爷,装着低头喝茶,看到陈平一脸焦急与失落的神情,不禁哑然失笑。

陈安打趣陈平之时,钟馗与众小鬼也挤在屋内。钟馗看到陈平与妹妹一见钟情的样子，甚是欢喜。现在，他们就差捅破这层窗户纸了。妹妹刚才看陈平的眼神，眉眼里现出惊讶、欣赏与娇羞之意。妹妹这分明是见到了自己中意之人后不自觉地袒露心迹的表现。他这个做哥哥的一直替妹妹担忧的这颗心终于可以落下了。

小懒与其他四个小鬼也很高兴，一路上他们还在悄悄议论，不知这位一直不娶、心高气傲的陈平公子能否看得上漂亮姐姐。现下一看，这担忧纯属多余嘛！

钟梅儿做好一桌丰盛的饭菜，款待陈平与陈安之时，几个小鬼终于有机会捉弄一下陈平与钟梅儿了。陈平用筷子夹起菜，小懒故意上前碰一下筷子，菜不偏不倚，正好落到钟梅儿的衣袖之上。陈平慌忙低头帮忙去擦，小懒推他的后颈，陈平的头就触到了也慌乱低头擦拭袖子的钟梅儿的下颌上，两个人赶忙抬头，不巧，又四目相对，一下子都红了脸，如将小鹿揣入怀中，饭也没有心思再吃下去了。

钟馗一看，妹妹的脸已经羞得如冬日里盛放的红梅花，陈平也是满脸涨红。再放任几个小鬼胡闹下去，两个年轻人肯定不好意思再面对对方了，于是赶紧打发几个小鬼出去了。

陈安见状乐得"哈哈"大笑，陈平是怪他也不是，不怪他也不是，不知如何是好。

钟馗 小妹出嫁

陈安一看时机到了,思忖自己擅自做这媒人有点儿欠妥,遂找了一个借口,出得门来,直奔老翁的家中,将事情的始末向老翁详细叙述一番。老翁一听,乐得脸都皱成了核桃皮的模样。钟梅儿的婚事若是就此有了着落,他也就此了了一桩心事。老翁一路与陈平相随走来,路上还思忖,这陈平看着着实可靠,与钟梅儿实是天造地设的一对。陈安请他做这个媒人,他自是一万个乐意。

钟馗也正犯愁该找谁做媒人为好,正思量间,看到陈安请来之人,立刻眉开眼笑,心下大慰。

钟梅儿平日很尊敬老翁,看他颤颤巍巍地进来,赶紧让到上座。老翁也不客气,坐下之后,轻咳几声,道:"梅儿,你父母与兄长过世日子也不短了,你也到了出阁的年龄,需要考虑自己的终身大事了。这位陈平公子与你年龄相仿,未曾娶妻,老伯觉得你二人郎才女貌,正好可以配成一对。因你父母兄长都已不在,今日老伯就做主,将你二人的婚约定下,不知你二人是否同意?"

钟梅儿低头不语。站在她身侧的钟馗以为她不同意,急得直搓手。陈平也有点儿忸怩,不好意思表明心意。钟馗急得就差上前踢义弟一脚了。好在聪慧的陈安一眼看出这两个人不是不同意，而是当着老翁与自己的面，不好意思表明心意，遂拿过钟梅儿搁在桌上的纸笔，先递给陈平说："公子，若是同意，就写钟小姐的名字，若不同意就写下自己的名字。"又递给钟梅儿一张纸和一支笔，对钟梅儿说："钟小姐若是同意，就写我家公子的名字，若是不同意，请写下自己的名字。我与老伯最后查看，若你二人都写了对方的名字，这门婚约就成了。"

陈平与钟梅儿虽有些害羞，但都是聪颖之人，知道若是今日不表态，一旦错失眼前这中意之人，事后再想弥补，必定大费周折，如此一想，也就落落大方地在纸上落笔，写下了对方的姓名。老翁一看，甚是高兴。这桩美满姻缘就在老翁与陈安的见证下定下了。

之后，陈平便准备轿子，接钟梅儿回浙江安阳，一路旅途烦劳按下不表。

且说陈平接钟梅儿到了安阳县后，安顿钟梅儿在安阳县城的驿馆住下，又到庙上择了婚期，开始准备大婚的一应用品。

妹妹出嫁，钟馗自是与几个徒儿一路相随而来。他要亲自给妹妹准备嫁妆。但是钟馗有些手足无措，自己从未操办过婚礼，不知该从何处下手。好在身边有小懒他们几个小鬼在。他们跑去观摩了邻近一家人正在举办的一场婚礼，回来后七嘴八舌地给师

钟馗 小妹出嫁

父描述了一番。钟馗也就照猫画虎，为妹妹准备了一份丰厚的嫁妆。

待钟梅儿出嫁之日，她的凤冠霞帔、七彩嫁衣上面缀满各色珠宝，在太阳的照耀下熠熠生辉，美到不可言说。幻化成家丁的小鬼们用担子担着钟馗为妹妹准备的嫁妆，排成了一条前不见头、后不见尾的长龙，队伍浩浩荡荡。

当日，陈平的府邸热闹非凡，宴请前来道贺的众宾客。

当晚，钟馗宴请在婚礼中出力帮忙的各位鬼神地仙，大家不拘礼节，推杯换盏，一时间热闹非凡。

钟馗从始至终都在开怀大笑，心情甚好。他在席间吟唱了生平最感快意的一首诗："举杯向长天，邀月共酒眠。平生快意事，人鬼皆尽欢。"

鍾馗嫁妹 戊戌隱之

☆作者寄语
☆民俗故事
☆画作欣赏
☆影音资源

微信扫码

唐玄宗的梦

吴道子铺开画纸,按照唐玄宗的描述,一笔一画描摹出了钟馗的画像。他笔下的钟馗朴拙之中显出智巧,虽然相貌丑陋,但神情坚毅,正义凛然,让人不觉生出敬畏之感。

钟馗 唐玄宗的梦

大唐天宝年间，唐玄宗带领众朝臣到骊山去讲武。讲武大会上，一阵冷风吹过，唐玄宗不由得打了一个寒战，回到行宫休息的时候，感觉非常不舒服，吃什么东西都不香，四肢无力。随侍的御医赶紧给唐玄宗进行诊治，发现他的脉搏跳动均匀有力，不是生病的脉象，只好根据他吃不下饭的症状诊断他得了一种怪异的脾病，开了几服药。但是药喝下去几天了，唐玄宗厌食的症状并没有减轻，身体逐渐消瘦下去。陪侍的文武大臣十分着急，赶紧派人到长安，将太医院的御医都请过来给唐玄宗诊病。御医们为唐玄宗把过脉后，都颇感奇怪，脉象正常，为何会有见饭不香的症状？大家讨论一番，觉得可能是唐玄宗不适应骊山的气候，建议唐玄宗回到皇宫休息安养。讲武只好暂停，众文武大臣与御医护送唐玄宗回宫。

回宫后，唐玄宗茶饭不思的病症仍然不见好，身体十分虚弱。某天午后，唐玄宗正与杨贵妃说着话，忽然感到一阵极度的困倦，就打发所有的人都出去，自己躺在榻上沉沉地睡去。

沉睡中的唐玄宗做了个梦。他梦见自己正睡在榻上，门忽然被推开了，一个长得十分奇怪的小鬼从门口跑了进来。这个小鬼青面獠牙，身穿一件袍子，待进得室内，径直跑到桌子旁，拿走了唐玄宗放在桌上的一支玉笛和一个紫色的香囊。这两个物件都是唐玄宗的心爱之物，尤其是那个紫色的香囊，是爱妃杨玉环一针一线缝给他的，平日他非常珍爱，一直戴在身上。

小鬼拿了玉笛和香囊却没有走，在大殿里上蹿下跳地到处乱逛，还故意气唐玄宗似的不时冲他做个鬼脸。

唐玄宗真是气坏了，质问小鬼："你是谁？"

小鬼尖声尖气地回答："我是小耗鬼，我缠上谁就耗谁的身体，耗谁的精神，耗谁的财物，直到耗得他财物散尽，精气全无，然后再去缠另一个人。"

唐玄宗想起身夺回自己的珍爱之物，却发觉自己的身体无法挪动，只能眼睁睁地看着小鬼在大殿里胡作非为。

正在这个时候，从门外闯进来一个大鬼。大鬼头上戴着一顶破旧的小帽子，身披一件破旧的袍子，脚蹬一双破旧的朝靴。但

钟馗
唐玄宗的梦

看这个大鬼长得比小鬼还丑陋，一双铜铃般大的豹眼，一个瘪塌的狮鼻，一张脸盆大的嘴巴，黑铁似的脸上蓬着硬扎扎的胡须。

大鬼一言不发，跑过去伸出蒲扇般的大手，一把揪住正上蹿下跳的小耗鬼。小耗鬼吓得"吱吱哇哇"地乱叫。大鬼完全不予理会，把小耗鬼撕成两半，吞进肚子里去了。

唐玄宗看得目瞪口呆，吃惊之余也颇感解气，遂战战兢兢地问大鬼："你是谁？"

大鬼向唐玄宗恭敬地施了一礼，回答说："臣是唐德宗时期终南山进士钟馗。"

唐玄宗又问："爱卿怎么变成现在这个样子了呢？"

钟馗回答："臣考中进士，却因为相貌丑陋，未被任用。臣一气之下触柱身亡，死后被封为降魔捉鬼真君。"

唐玄宗听后心里很不是滋味，想再问这个大鬼几句话时，大鬼却隐身不见了。唐玄宗顿感惊诧，惊诧间倏然醒了。醒来后才发现刚才的情景是自己做的一个梦，但是梦中的情景鲜活，如在眼前。就在此刻，他忽感自己的身体变得轻快起来，很想吃东西，长久困扰自己的病症突然间消失了。

唐玄宗赶紧呼宫人进来，吩咐他们去请吴道子进宫来。他要让吴道子赶快把这个叫钟馗的大鬼的形象画出来，怕时间长了自己记不起来了。

吴道子被召进宫后，唐玄宗向他诉说自己刚才做的那个梦，然后对吴道子说："吴爱卿，你可曾听闻先祖德宗时期有一个叫钟馗的状元在金銮殿的柱上撞死的事情吗？"吴道子略一沉吟说："陛下，如若真有其事，史官应该在史册上有记录，但臣翻阅史册时，未曾发现。"唐玄宗沉吟道："朕也未曾听闻，不过吴爱卿，这大鬼救朕一命，实属忠义。朕回想梦中之境，这大鬼虽容貌丑陋，却不失忠肝义胆之风。既然他说已经被上天封为降魔捉鬼真君，必有他的用意在。我们不妨将他的像画出来，广布民间，让民间那些深受小鬼纠缠的百姓求请这位钟状元帮忙除鬼，肯定会有效应。"吴道子深表赞同。

于是，吴道子铺开画纸，按照唐玄宗的描述，一笔一画描摹出了钟馗的画像。他笔下的钟馗朴拙之中显出智巧，虽然相貌丑陋，但神情坚毅，正义凛然，让人不觉生出敬畏之感。

唐玄宗打量着画中的钟馗，感激他对自己的出手相救之恩，仔细回味钟馗对他说的话，更觉这位降魔捉鬼真君是来护佑大唐百姓的，决定封钟馗为赐福镇宅圣君，命礼部的官员将吴道子画的钟馗画像临摹多张，在各地张贴宣传。

民间百姓生活本就不易，既然这位赐福镇宅圣君可以护佑他

钟馗
唐玄宗的梦

们,他们也乐得接受。过年的时候,民间百姓将钟馗的画像贴在大门上,祈求他打鬼驱邪,护佑家宅安宁。过端午节的时候,民间百姓跳钟馗傩舞,祈请他斩尽各种瘟疫病毒,保佑人们身体健康。

从此,钟馗捉鬼的故事便广为流传开来。

我很醜可是我很溫柔 歲在戊戌秋日雨廬隱之寫

☆作者寄语
☆民俗故事
☆画作欣赏
☆影音资源

微信扫码

剑刺五通鬼

一位威猛高大的神人突然挡住了他的去路。这位神人举剑就向五通鬼刺来。五通鬼情急之下躲避,神人的剑刺到了他的右腿上,顿时鲜血直流。

钟馗 剑刺五通鬼

高邮地住着一个叫李毛保的人,与母亲相依为命。李毛保的母亲虽然已经年纪不轻,但人长得珠圆玉润,不显衰老之色。某日,李毛保的母亲到山上去捡拾野菌,恰好撞见山中隐藏着的一个五通鬼。五通鬼对其美色贪恋不已,立刻幻化为一个美男子的形象上前搭讪。李毛保的母亲不理睬他,他就现出原形,对其威逼利诱。

这五通鬼多在半夜时分前来骚扰,每次都会带来一股阴风。李毛保的母亲不堪其扰,请儿子相帮。李毛保曾请来山上的道士在大门上贴上符咒,但是符咒对这五通鬼根本不起作用。五通鬼看到门楣上的符咒,气势汹汹地一把撕下,大摇大摆地走进屋中。他又尝试了各种办法,仍是无法赶走这个五通鬼。

有一日,这五通鬼又来找李毛保的母亲时,听到李毛保的母亲说头上的金簪昨日丢了。五通鬼想讨好她，便化作一阵风跑到姑苏城徐公守的家，潜入徐公守小妾的房中，不费吹灰之力就将这个姬妾的簪饰都偷了出来。

五通鬼将偷来的簪饰藏入怀中，想从徐家的西楼跑出去。谁知经过西楼的过堂时，一位威猛高大的神人突然挡住了他的去路。这位神人举剑就向五通鬼刺来。五通鬼情急之下躲避，神人的剑刺到了他的右腿上，顿时鲜血直流。五通鬼惊惧不已，慌乱中把簪饰抛入身边的一口深井之中，然后慌不择路地逃走了。

这五通鬼一瘸一拐地逃回李毛保的家中，对李毛保的母亲说："真是太倒霉了，原本簪饰已经偷到手了，在经过徐公守家的西楼时，忽然一个头戴破皂帽、身穿破袍子、脚蹬破朝靴的神人从斜侧刺剑过来，幸亏我躲得快，只是被他伤到了右腿，若是稍微躲慢一点儿，我今天可能就性命不保了。"

李毛保躲在门外听到了五通鬼的这番话，就想知道这个让五通鬼感到惧怕的神人到底是谁，于是心生一计。他装扮成一个卜卦之人到了徐公守的府上。徐公守的小妾正因丢失了簪饰而着急，听到有卜卦之人上门，赶紧上前询问自己丢失的那些贵重簪饰的下落。李毛保装模作样地掐算一番后，装作胸有成竹的样子说："簪饰就在你家西楼边上的深井里。"徐公守立刻吩咐家丁下井打捞，果然打捞上小妾丢失的那些簪饰。他们因此对李毛保

钟馗剑刺五通鬼

敬服不已。

徐公守为了感谢李毛保，在自家的西楼小厅上设宴。李毛保在经过过道时，看到过道的堂壁上张贴着一幅神人画像，只见这位神人头戴一顶破旧皂帽，身披一件破旧的袍子，脚蹬一双破旧皂靴，手执一柄锋利宝剑，威风凛凛，与五通鬼所描述的用剑刺伤他的神人非常相似。李毛保问徐公守："这画中的神人是谁？"徐公守回答："是能捉鬼辟邪的钟馗。"

李毛保听后喜不自胜，向徐公守问明画像从何处求得后，一刻也不敢耽搁，也去求得一幅钟馗画像，直奔家中，贴到了自家的门上。

半夜时分，五通鬼又来李家的时候，猛然看到门上的钟馗画像，吓得拔腿就走，再也不敢登李家的门了。从此，李毛保母子俩又过上了平安喜乐的生活。

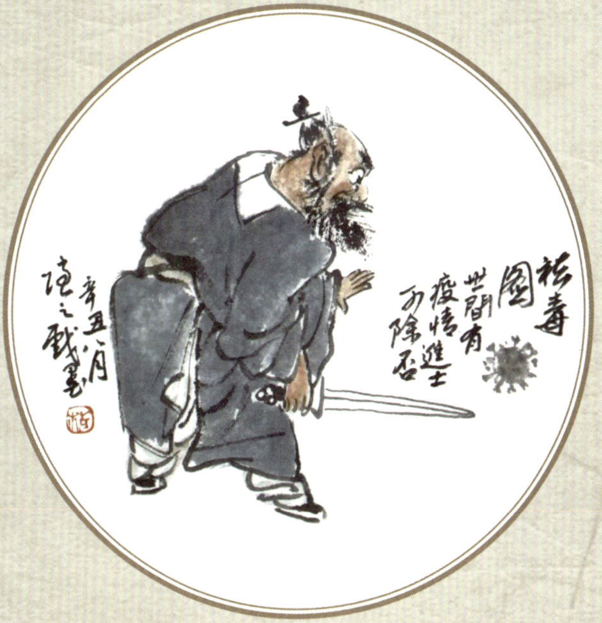
殺毒圖
世間有
疫情進士
可除否
辛丑八月
境之戲墨

☆ 作者寄语
☆ 民俗故事
☆ 画作欣赏
☆ 影音资源

微信扫码

怒斩石马精

「你们这两个马精怪,本应感念天地造化之恩德,为这海州城的百姓谋些福利才是,你们却冥顽不化,祸患人间。今日不斩杀了你们,枉对了我这手中的剑!」

钟馗怒斩石马精

海州城内有一孙姓大户，家里建有一座祠堂，祠堂内塑有两匹石马，用来镇守祠堂。这孙姓家族在海州城绵延数代。两匹石马经年累月吸食供奉在祠堂里的香烟，逐渐有了灵气，某日突然成精。这两匹用石头雕塑成的马成精后顽劣无知，危害骚扰附近的乡民。白天他们或变作英俊男子诱惑妇女，或幻化成妩媚女子迷惑男子。被他们迷惑的男女最后都会慢慢死去。每到夜晚时分，这两匹石马精就从祠堂跑出来，偷食百姓家圈养的牲畜，附近乡邻深受其害，不得已，纷纷四处逃散。

某一日，钟馗一时兴起，也没领徒儿，自己化作人形，在人间游历。经过海州城的时候，看到这里田地荒芜，宅屋荒废，感到非常奇怪。钟馗经过数家已经废弃的宅院后，才遇到一家烟囱还冒着烟的住户。钟馗上前敲门，好半天过后，破旧的门才被从里面打开，走出一位满脸皱纹深如沟壑的老妇人。钟馗对老妇人说想在此借住一晚。佝偻着背的老妇人沙哑着嗓子说："相公还是速速离开此地为好。"

钟馗不解，追问缘由。老妇人只是叹气摇头，什么都不讲。钟馗心下大惑，更是坚决要留宿一晚。老妇人看他不听劝，只得将他请进屋内。屋内还有一位头发花白的老头，身体孱弱，咳嗽不止。他们拿出家中仅有的一点儿细米熬成粥，招待钟馗。

吃过饭后，夫妇俩安顿钟馗在一间空屋歇息。钟馗躺下闭目养神之时，隐隐听到老夫妇居住的屋内传出呜呜咽咽的哭声，让他更感迷惑，便起身走到夫妇俩的屋内。推门进去，看到夫妇俩正坐在床上抱头痛哭，钟馗便询问缘由。老妇人叹口气说："我夫妻二人本有四个彪壮健康的儿子，谁知不久前被石马精先后害死了，留下我们孤苦无依，思及伤感，故无奈哭泣。"

钟馗细问石马精害人之事，老头含泪叙道："这海州城原是富庶之地，田产丰饶，商贾繁盛，你来我往，热闹非凡。但自从石马成精祸害百姓四邻后，这里的乡人死的死、逃的逃，没过几年，这里就变成现在这荒无人烟的景象。我们本也打算逃离此地，但我们的四个儿子仗着人多势众，预计石马精不敢来祸害我们。哪知他们先后被石马精幻化为美妇人勾引而去，都被害死了。"

钟馗怒斩石马精

钟馗不觉大怒,问:"这石马精现在何处,我且去看看。"

老妇人劝阻道:"壮士,老生看你如我的儿子一样威猛彪悍,实在不忍你也被这石马精残害致死。壮士还是听老生的劝,权且住一晚,明日早早离开此地,免得惹祸上身。"

钟馗不语,回到客房中,一夜难眠。天刚蒙蒙亮,钟馗简单梳洗一下,就去敲老夫妇的房门,恳请他们带自己去石马精处。夫妇俩先是死活不肯,只是催钟馗快快上路,后看他去见石马精的心意坚决,只好叹着气将他引到孙氏祠堂。钟馗走进祠堂,看到祠堂之内一左一右昂首站立有两匹石马。此时,这两匹石马正准备再次幻化为美妇人,看到钟馗背着降魔捉鬼神剑进来,藏在石马中的精气瑟瑟抖作一团,向钟馗讨饶道:"钟状元,但请饶命。"钟馗指着它们骂道:"你们这两个马精怪,本应感念天地造化之恩德,为这海州城的百姓谋些福利才是,你们却冥顽不化,祸患人间。今日不斩杀了你们,枉对了我这手中的剑!"遂挥起降魔捉鬼神剑,只听得"咔嚓"一声,石马的头被斩落在地。钟馗又一剑挥起,右边的石马也应声倒地。两匹石马的砍伤之处都流出殷红的鲜血来,看得老夫妇胆战心惊。

钟馗斩杀了石马精之后,将老夫妇送回家中,留下一些银钱,转身离去。自钟馗除掉石马精后,海州城又逐渐繁华热闹起来。

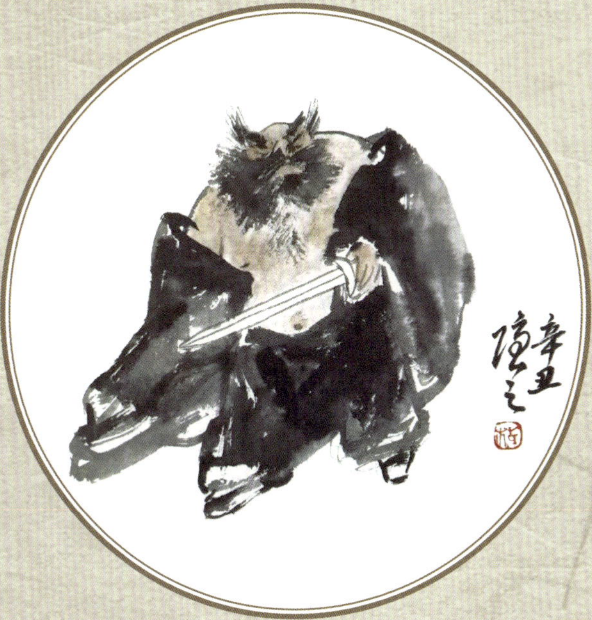
辛丑

☆作者寄语
☆民俗故事
☆画作欣赏
☆影音资源

微信扫码

夜壶喊冤

王老头怜悯之心顿起，对夜壶说："你不要哭了，现在包大人正在定州审案，他断案如神，刚正不阿，我明日就带你去喊冤，请包大人为你沉冤昭雪。"

钟馗 夜壶喊冤

扬州城有一个叫李浩的人,有一次他打算到定州买些布匹回来卖。

李浩走到一个叫朱塘的地方时,天黑下来了,当时恰好走到丁千、丁万两兄弟的家门前,李浩就推门进去投宿。

丁千、丁万看到李浩身上带着不少银钱,歹心顿起,当夜趁李浩睡熟之际将他杀害,谋夺了他携带的银钱。

丁千、丁万两兄弟以烧窑为生,事发后,他们担心自己的邪恶行径败露,就将李浩的尸骨拖进窑内混着泥一起烧,然后用这灰泥做成了一个夜壶,拿到街上去叫卖。

当地一个姓王的老头家中的夜壶正好破了,就买了丁千、丁万兄弟俩卖的这个夜壶。

当晚,王老头起夜,正对着夜壶小解时,突然听到夜壶对他说:"王老头,你怎么可以往我的嘴里小解呢?"

夜壶居然会说话!这可把王老头给吓坏了。王老头腿一软,差点儿摔倒。

王老头鼓了鼓勇气,战战兢兢地问:"你到底是何方妖孽?"

夜壶伤心地说:"王老头,我本是扬州的李浩,到定州去买布,中途投宿在丁千、丁万两兄弟家。他们见我身上携带了不少银钱,起了歹心,趁夜将我杀害,抢了我的银钱不说,还将我的尸骨烧成了灰,做成了夜壶。王老头,我知道你心地善良,为人正直,恳请你为我申冤报仇啊!"

说罢,夜壶痛哭出声。

王老头怜悯之心顿起,对夜壶说:"你不要哭了,现在包大人正在定州审案,他断案如神,刚正不阿,我明日就带你去喊冤,请包大人为你沉冤昭雪。"

夜壶听后,连连道谢。

第二日,王老头提着夜壶来到了定州,在衙门前击鼓鸣冤。包大人升堂问冤。

王老头将夜壶头天晚上对自己诉说的冤情讲述了一番。包大人感到十分惊奇,就审问王老头提进来的夜壶,但是一连问了几

钟馗 夜壶喊冤

遍，这夜壶就是沉默不语。包大人觉得这王老头是在戏弄他，公堂断案之地岂可儿戏，就呵责了王老头几句，之后命衙役将王老头赶到了衙门外。

王老头感到十分冤屈，等到了衙门外边，很生气地对夜壶说："你恳请我帮你申冤，我好心帮你，为什么包大人在堂上问你话，你却什么都不说呢？"

夜壶说："实在是不好意思，我忘了告知你，我现在赤身裸体，在大庭广众之下实是无法开口讲话。请你给我披一件衣裳，那样我就可以放心大胆地讲话了。"

王老头问夜壶："真是如此吗？你可不要诓骗我。"

夜壶一再保证是真的。

王老头实是看这夜壶可怜，只得提起夜壶，第二次鸣冤击鼓。包大人再次升堂，看到堂下跪着的仍然是王老头，不免有些生气，正欲责备王老头几句时，王老头赶紧说："刚才在外面我已经明白夜壶不说话的缘由了，现在只需包大人给这夜壶披一件衣服，这夜壶就可以讲述自己的冤情了。"

包大人半信半疑，但还是吩咐衙役拿来一件衣服披到夜壶的身上，然后一拍惊堂木，开始审问夜壶。

这次，夜壶果然开口讲话了，将自己的冤情向包大人诉说了一遍,最后哭着说:"请包大人为我做主啊!"

包大人吩咐衙役到烧窑处将丁千、丁万两兄弟押到堂上对质。这丁千、丁万自认为凶行之事隐藏得万无一失,无论谁都难以识破,所以无论包大人如何审问,他们一口咬死,拒不承认,还反问包大人:"只听夜壶的一面之词就可以断案吗?断案需要证据,请问证据何在?"

夜壶哭着说:"丁千、丁万家堂上供奉的钟馗钟老爷可以为小人作证。"

包大人当堂写了一道文书:"包某不才,此生虽很不愿意借用刑罚惩治百姓,但世间不乏狡诈之人,为求公道,包某也常学钟大人,用刑罚来求公道。今天有丁千、丁万两兄弟见财起意,谋害李浩一案,无人可作证,唯求钟大人到堂来帮忙作证,为民申冤。"

文书写好后,包大人即命衙役到丁千、丁万两兄弟家,在他家钟馗像前将文书焚烧。

文书焚烧后不多时,钟馗就出现在堂上,与包大人礼毕后,将丁千、丁万谋害李浩的详情据实讲出。

言罢,钟馗指着丁千、丁万斥道:"你们将我供于堂上,理应遵纪守法,与人为善,谁知你们居然见钱生歹,实是令人厌恶。今包大人不断此案,我也准备将你们正法。日月昭昭,邪恶

如何隐匿得了？"说罢，拜别包大人而去。

有钟馗当庭作证，谋害之罪自然无假，包大人即判这丁千、丁万两人死刑。

沉冤得雪，夜壶自是对包大人深谢一番，又对王老头连连道谢。王老头怜悯其遭遇可怜，遂将其摔作泥土，将灰泥深埋，让他入土为安。

醉歸圖 戊寅德之

☆作者寄语
☆民俗故事
☆画作欣赏
☆影音资源

微信扫码

斩除蝙蝠精

当夜,朱家众人熟睡之后,钟馗手持降魔捉鬼神剑冲入假昆玉的卧房中,不待蝙蝠精喊出求饶之语,手起剑落,将其刺杀。

斩除蝙蝠精

宜山江边有一座五王庙,庙里寄住着一只千年的蝙蝠,因吸食月亮之精气,已经修炼成精。

这只蝙蝠精以耗夺男子精气为乐,很多临近地区的成年男子都被它害死了。当地百姓不堪其扰,却又想不出办法来惩治这只蝙蝠精。

宜山的一个小镇上住着一户苏姓人家,家中小女唤作昆玉。昆玉成年后,父母找媒人做媒,将其许配给舒裕为妻。舒裕以做小买卖谋生,人长得清秀,品行高洁,昆玉对他十分满意。

舒裕在与昆玉订下婚约后,决定到川地贩卖一趟药材,多赚些银钱,回来后好购置房地,然后迎娶昆玉进门,一起过幸福美满的小日子。

但是,舒裕这一走竟是一去不返。昆玉苦守闺中五年,仍然没有舒裕的半点儿消息。

第六个年头的时候,有一乡邻从外地回来,带回消息说:"听人说,舒裕贩卖药材走到汉口的时候生病了,最后病死在了汉口。"昆玉听到这个噩耗后,哭得死去活来。昆玉发誓从此不再嫁人。

昆玉年纪尚轻,父母觉得她就这样一辈子不嫁实在是太可怜了,就决定以父母的威严对其施压,另外给她说一个婆家。虽然昆玉曾经发誓说:"我死不改节,这辈子生是舒裕的人,死是舒裕的鬼。"但是,父母仍然认为她是年幼无知才讲出这番话,没有太过在意。

昆玉的父母请媒婆给昆玉介绍一个好人家。

这时,有个安徽的商人名叫朱士贵,正在当地贩卖咸盐。朱士贵还未成婚,听说这昆玉不但窈窕俊秀,而且洁身自好,生出了爱慕之心,托媒人上门提亲。

昆玉的父母见到一表人才的朱士贵后,心中非常满意,不等征求女儿昆玉的意见,就一口应下了这门亲事。谁知这昆玉不嫁之心非常坚决,听到父母已经选定她的另嫁之人后,决定以死明志。

当夜正是月圆之夜,昆玉在探知父母熟睡之后,一个人带着

钟馗斩除蝙蝠精

对舒裕的思念来到江边。

看到江边那座五王庙后,昆玉就在月色中推门而入,跪在地上祝祷说:"殿上的各位神仙敬听,小女子名唤昆玉,本已许给舒裕为妻,谁知舒裕命薄,客死他乡。小女子本欲为未婚夫一生守节,无奈父母不允,欲将小女子另嫁。小女子决心以死明志,只是恳请诸位神仙怜悯小女子,在小女子死后,不要让小女子曝尸荒野,遭野狗啃食。"

昆玉祝祷完后,就在皎洁的月光之下,义无反顾地走入江水之中,投江而死。

昆玉祝祷之时,蝙蝠精正在五王庙的梁柱上休息,听到昆玉祝祷之言后,大喜过望。待昆玉在江中气绝身亡后,这蝙蝠精摇身一变,变作昆玉的模样,当夜就走入苏家,在昆玉的卧房中安睡。

第二天,昆玉的父母来到昆玉的闺房中,正准备好好劝说女儿嫁给朱士贵。不料蝙蝠精装扮的昆玉一反常态,居然很爽快地就答应了。

她对昆玉的父母说:"之前女儿执拗于与舒裕的婚约,现在女儿想开了,人生无常,舒裕难以再生,女儿不能再令老父老母担忧了,女儿另嫁无妨。"

昆玉的父母听她说得在理,心下也未起疑,就由媒婆传话,通知朱士贵来迎娶昆玉。假昆玉嫁到朱士贵家后，极尽上得厅堂、下得厨房之能耐，针绣绢花件件精美，琴棋书画样样精通，行为举止落落大方，朱士贵对其非常满意。

在宜山过了一段日子，朱士贵的货物出手后，就带着假昆玉一起回到了安徽老家。这蝙蝠精变的假昆玉面对公婆姑嫂，仍然能做到有礼有节，进退得体，家人对其非常满意，就连乡邻都对其赞叹不已，人人赞她贤良淑德。

婚后还不到一个月，朱士贵就出现了不适，疾病缠身，精神萎靡不振，而且病症越来越严重。家里人请大夫来诊治，大夫明言："这分明就是为情色所伤。"遂开了一些大补的药。但是朱士贵吃过汤药后仍不见好，眼见已是一副病入膏肓的状态。

朱士贵的老父亲不得已，只好将儿子送到环境清幽的母舅家去养病。送儿归来的途中，他看到集市上有人在售卖钟馗的画像。朱士贵的老父亲知道钟馗是降魔捉鬼真君，脑中灵光一闪，想：不知道自己的儿子是不是被莫名的鬼怪缠身才会病重至此，或许钟馗可以相帮。朱士贵的老父亲遂求请钟馗画像一幅，回家后裱贴于堂上，祈请钟馗保佑儿子平安。

听到朱士贵父亲祝祷的言辞后，钟馗在朱家游走一圈，就发现身为朱士贵妻子的昆玉乃蝙蝠精幻化而成。这蝙蝠精看到钟馗

斩除蝙蝠精

的画像时已吓得魂飞魄散，本想逃走，无奈钟馗镇守在堂上，一时想不出逃离之法。

当夜，朱家众人熟睡之后，钟馗手持降魔捉鬼神剑冲入假昆玉的卧房中，不待蝙蝠精喊出求饶之语，手起剑落，将其刺杀。

当夜，朱士贵做了一个梦，梦见一个头戴破皂帽的魁梧神人对他说："你被妖怪所迷，我已帮你将其刺杀。"

第二天醒来后，朱士贵忽觉神清气爽。

回到家后，朱士贵将梦中情景讲给众人，心中对钟馗自是生出几分感恩与敬畏之心。

醜面無需胭脂添春情　奉天降妖魔　歲在戊戌中元後一日隱之

☆ 作者寄语
☆ 民俗故事
☆ 画作欣赏
☆ 影音资源

微信扫码

诛杀红毛山魈

钟馗已经让徒儿们细查过,这山魈犯下的种种危害百姓的恶迹积累无数,这大小山魈平日不做好事,搅扰人们的生活。钟馗怒气顿起,挥起降魔捉鬼神剑,一路斩杀进来。

钟馗诛杀红毛山魈

终南山的山脚下住着一个名叫黄佑的青年，娶妻吴氏。吴氏长得非常俊美，身姿窈窕，性情温和。黄佑以做木匠活儿为生，虽然生活贫寒，但是夫妻二人十分恩爱。黄佑出门帮人做木匠活计时，吴氏就守在家中，做些针线活儿贴补家用。

这天晚上，黄佑又到外县帮人干活去了，吴氏在灯下做活，看到夜已深，就准备插好门闩，早点儿休息。正在她插门闩之时，忽的一股狂风从门外刮进来，狂风过后，一个妖怪出现在吴氏面前，差点儿将本就胆小的吴氏吓晕过去。

这个妖怪是山中的一个山魈，红头发、红眼睛、红胡须，长相十分丑陋。妖怪瓮声瓮气地对吴氏说："我看你貌美如花，想和你交好。你若不依，你的性命不保不说，你的丈夫黄佑也将死无葬身之地。"

吴氏吓得浑身发抖，虽然十分厌恶他，极不情愿，但若是呼喊救命，不一定能喊来相助之人。况且这红毛山魈乍看之下就觉力大无穷，寻常百姓又哪里是他的对手。思来想去，为了保住他们夫妻二人的性命，只得委屈自己了。

这红毛山魈到四更天的时候就走了，走之前，恶狠狠地对吴氏说："此事你绝对不可以泄露出去半点儿，若是我晓得别人已知此事，绝不饶你。"吴氏看着这红毛山魈都感到害怕，哪里还敢与旁人说。

等到第二天夜深的时候，一股狂风过后，这红毛山魈又来找吴氏的麻烦。

红毛山魈深夜即来，四更天即去，如此这般已是半月有余。吴氏不胜其扰，甚感痛苦，但又想不出摆脱红毛山魈的办法，只能日日以泪洗面。

这天，黄佑终于从外县回来了，吴氏给丈夫备饭之时，思来想去，觉得还是如实相告为好。倘若自己隐瞒，哪日红毛山魈若是起了谋害丈夫之心，自己将会懊悔终生。于是，吴氏就将红毛山魈无礼霸占自己的实情向黄佑讲出。

黄佑听得怒火中烧，对妻子吴氏说："这世上居然还有这等不要脸的妖怪存在，你不要害怕，我自有办法收拾他。"

诛杀红毛山魈

这天夜里，黄佑手持一把尖刀，早早躲到门背后藏好，他想等红毛山魈进门后，一刀结果了其性命。

更深夜澜之时，狂风大作，红毛山魈果然又至，黄佑悄眼观察，看到山魈身形高大，体力过人，掂量一番，自己实在不是其对手。黄佑不敢贸然操刀而出，安静地躲在门后思考对策。

黄佑思量半日，觉得欲除红毛山魈，还得恳请具有法术的师父帮忙才行。黄佑遂进终南山，请有法术的师父去了。

次夜，红毛山魈又伴着狂风而来，他已知黄佑归来，却不见其人，知道事情不妙，就逼问吴氏是何原因。红毛山魈强行逼供，以恶嘴恶脸相向，胆小的吴氏在惊骇中将黄佑到山中请法师一事据实相告。红毛山魈一听，未作停留，转身化作一股狂风而去。

吴氏以为红毛山魈是被吓走了，就此不敢再出现。谁知没过多久，狂风四起，红毛山魈去而复返。这次来的不只红毛山魈自己，还有一群小妖。不待吴氏反应过来，众小妖已将她抬起，径直抬到山中去了。

话说黄佑到山中寻访有法术的修道之人，但是所寻道观，进去叙述完自己的遭遇后，这些修道之人都摇头叹息，纷纷表示他们也曾尝试过收服这红毛山魈为百姓除害。无奈这红毛山魈修炼多年，本领在他们之上，他们收服红毛山魈不成，反遭他不少戏弄，哪还敢再大张旗鼓地去降服他呢。

眼见寻访不到高人，黄佑只得连连叹气，决定先回家，之后再作其他打算。

黄佑回到家，看到屋门大敞，妻子吴氏踪影全无。邻居见他回来，跑来告诉他说："你的妻子被红毛山魈捉进山中去了！"

妻子吴氏被掳，生死不知，黄佑不能坐视不理，遂召集众村民帮他进山寻妻。

村民皆是善良淳朴的百姓，听到黄佑哭诉，早已义愤填膺，也顾不得红毛山魈本领有多高强，拿起自家院中的各种工具，跟随黄佑进得山来。但是，一群人在山中苦苦搜寻半日，却不知这红毛山魈到底藏身何处。

正在众人感到无可奈何之际，恰逢供奉钟馗的洁空道人从山间经过。问明原因后，洁空道人对黄佑说："你不妨向降魔捉鬼真君求救，让他帮你搭救妻子吧。眼下我所知道的也就只有他的本领才可敌过这红毛山魈了。"

黄佑经洁空道人指点，心下大喜，赶忙跑到道观中钟馗的塑像前，将自己所求之事向钟馗一一说明。祝祷完后，黄佑回家，也不知道自己的祝祷是否灵验，心中仍是烦闷不堪。

诛杀红毛山魈

话说黄佑祝祷之时，钟馗已然听明。待夜深人静之时，钟馗手执降魔捉鬼神剑，一路寻进山来。

这红毛山魈很是精明，将自己的居所藏在一个名为大毛山的山顶上一个幽深的山洞里，寻常人根本找不到。钟馗进得洞来，看到洞中大大小小的山魈长相怪异，拥挤不堪。在前来斩杀此山魈之前，钟馗已经让徒儿们细查过，这山魈犯下的种种危害百姓的恶迹积累无数，这大小山魈平日不做好事，搅扰人们的生活。钟馗怒气顿起，挥起降魔捉鬼神剑，一路斩杀进来。

掌管洞府的红毛山魈掳得黄佑的妻子吴氏后很是得意，也不管这妇人在一旁哭哭啼啼，自与众山魈开宴痛饮。待他看清钟馗挥舞的神剑的寒光之时，钟馗已来到了他的面前。钟馗捉鬼除魔的威力红毛山魈不是不知，心下立刻慌了，想要逃走。钟馗怎么可能放他走，此时不除，还待何时？红毛山魈想要求饶也无济于事，钟馗的降魔捉鬼神剑挥出，红毛山魈已经一命呜呼了。

洞中的山魈都被除光后，钟馗发现洞里最深处的一个角落里蜷缩着一个哭哭啼啼的漂亮妇人。钟馗走上前去问她为何啼哭。此妇人说自己是黄佑的妻子吴氏，被红毛山魈掳夺到此。

钟馗听后也不多言，领着吴氏走出山洞。

此时晓月西斜，正是五更时分，听得吴氏说可以自己寻回家中,钟馗遂化作一缕清风,飘然离去。等吴氏回头寻找时,钟馗早已无影无踪了。

吴氏心下犯嘀咕,难道救自己之人是神仙?此时天已渐亮,吴氏不再多想,沿着山路走回家中。

黄佑正在家中烦闷不已,看到妻子自行归来,大喜过望,赶忙问妻子是如何逃脱的。

吴氏喜泪涟涟地说:"有一高大魁梧神人,手执神剑,进得山洞一路斩杀,洞中的山魈被他斩杀殆尽后,他将我引出山洞,之后忽然就不见了。"

黄佑听后,赶忙说:"一定是钟馗显灵了,我们得多买些香烛,到山里的道观拜谢他。"

夫妻二人遂置备了香烛,一路走到山中道观。待看到钟馗的塑像,吴氏惊呼道:"就是这位神人救的我!"

夫妻二人赶忙跪拜在钟馗塑像之前,感谢其相助之恩。

☆作者寄语
☆民俗故事
☆画作欣赏
☆影音资源

微信扫码

追斩乌鸡精

坐守庙内的钟馗看到这乌鸡精如此猖狂,大怒不已,不待夜晚避人,当即抽出身上的降魔捉鬼神剑,飞身追出。

钟馗追斩乌鸡精

山西文县有个叫李孝原的人。李孝原年方二十,参加会试不第,就在本乡私塾以教书为生。此人品行端正,上敬父母,下爱学生,深得当地百姓的喜爱。

李孝原的父母以务农为生,生活简朴,为供儿读书,多年来一直居住在一孔破窑洞里避寒取暖。李孝原教授学生,攒下一些奉银后,决定为辛苦大半生的父母开一孔新窑洞。

新窑洞的地址选在一个半石崖下,开好后,李孝原和父母很开心地搬进去居住。但是,在这里只住了不到一个月,奇怪的事情就发生了。李孝原突然性情大变,有些疯疯癫癫的,在给学生讲学时,经常胡言乱语,无奈,当地乡绅只得将他赶回家中。

回到家中的李孝原疯癫之症越来越严重,晚上不睡觉,到处乱跑。他一改往日恭敬孝顺之态,经常对父母破口大骂,甚至拳脚相加。他把父母为他娶妻备下的绸缎面料翻找出来，坐在月光下裁剪，缝制成精美的衣服穿在自己身上。李孝原忽然可以巧手缝纫，让乡邻感到不解。有爱美的乡人看他缝制的衣服漂亮精巧，就拿着布料来请他帮忙缝制，他却冲着来人破口大骂："我乌鸡精是伺候你们这些腌臜之人的吗？"

父母听到李孝原自称是乌鸡精，猜测他是被邪魅附身了，决定为他请法师疗治一番。但还没等父母动身出门，李孝原就将父母堵在门口，一顿毒打，口中大骂："你们的心肠好歹毒，想用歹毒的法子将我赶走吗？门儿都没有！"

几次三番之后，父母只得悄悄请别人帮忙，请来不远处寺庙中一个有法术的人前来帮忙。谁知这法师才到李家，李孝原就拿着一把扫帚打在法师的头上，指着法师破口大骂："你仗着有几分法术就想收服我？做梦吧！想保命，你就赶紧离开这里，否则我定叫你吃不了兜着走！"法师掐指一算，知晓附在李孝原身上的这个乌鸡精已经有千年的道行，以他现有的法术根本制服不了它，只得叹口气离开了。

当晚，乌鸡精就托梦给李家夫妇，面目狰狞地说："你家儿子李孝原为了你们的体面，盖新窑洞居然盖在我的窝上。我在这里已经住了上千年，我的家就这么被你们给破坏了。我不把他的

钟馗追斩乌鸡精

身体当窝住,叫我到哪里去?你们两个人不要再兴风作浪,想着制服我了。如若你们还心存不轨,我定叫你们死无葬身之地!"

李家老两口做了同样的梦,醒来后以泪洗面,忧愁不已。

一日,他们碰巧遇到一个刚从文庙烧香祈愿回来的邻人。邻人可怜他们,给他们出主意道:"文庙内供奉有一尊钟馗像,听说钟馗专门惩治邪神鬼魅,特别灵验,你们不妨到文庙请求钟馗帮助你们吧。"

老夫妇俩听后,家也没敢回,直奔文庙而去。到了文庙,老夫妇俩在钟馗的塑像前祝祷说:"钟馗天师在上,我们给您磕头了。我儿李孝原原本善良孝顺,却被一成精多年的乌鸡精附身,如今变得疯疯癫癫的。恳请钟馗天师显灵,将这乌鸡精从我儿身上赶走。"

老夫妇俩刚刚祈请完,就听到李孝原站在文庙外破口大骂:"你们两个老不死的,居然敢再次陷害于我!你们给我滚出来,看我给你们好看!"这乌鸡精惧怕钟馗的威严,只敢站在庙门外咒骂,却不敢进来。

老夫妇俩听到乌鸡精的咒骂声,吓得浑身抖如筛糠,躲在庙内不敢出去。

坐守庙内的钟馗看到这乌鸡精如此猖狂,大怒不已,不待夜晚避人,当即抽出身上的降魔捉鬼神剑,飞身追出。老夫妇俩在惊恐中看到一个豹眼大汉手持神剑从面前飞身而过,甚感惊奇。

乌鸡精原以为庙内的钟馗像不过是一个空躯壳,哪承想钟馗应声即到。眼看钟馗持剑刺来,乌鸡精吓得转身就跑,惶恐之下,脱离李孝原的身体,慌不择路地逃窜而去。钟馗紧随其后,迅速追来。这乌鸡精慌乱中躲进一个石崖缝中,自鸣得意,认为只要自己不出来,钟馗必然拿自己无可奈何。哪知钟馗举剑劈向山崖,只听"轰隆"一声巨响,山崖被钟馗的神剑劈成两半。乌鸡精藏身之处立刻显现出来,再欲逃走时,钟馗的降魔捉鬼神剑已经挥起落下。乌鸡精应声倒地,死于剑下。

却说乌鸡精的精魄从李孝原的身体中抽离后,李孝原摔倒在地,清醒后慢慢爬起来,觉着自己仿佛是做了一场梦,浑身疲惫,酸软无力。看到父母战战兢兢地走过来,竟是如此苍老的模样,立刻心疼地放声大哭,搀扶着父母缓缓走回家去。

☆ 作者寄语
☆ 民俗故事
☆ 画作欣赏
☆ 影音资源

微信扫码

捉烟鬼记

钟馗抽出降魔捉鬼神剑,口中念出道诀,将道诀的威力发到剑尖,挥剑而出,山精的头颅就势掉了下来。山精化成一摊脏污的黑血,渗入土中,消失不见。

钟馗捉烟鬼记

柳员外家有一位柳小姐,知书达礼,贤淑温婉,杨柳细腰,身姿窈窕。

有一回,柳小姐路过一间无人居住的小房子时,莫名感到骇人,浑身打了几个冷战。回家之后,柳小姐突然生出烟瘾,心里好像有几只猫在抓挠。柳小姐吩咐贴身丫鬟想方设法弄来烟具,直抽得满屋烟雾缭绕才作罢。柳小姐的这一举动使贴身丫鬟看得目瞪口呆。

柳小姐本无吸烟之念,每次吸完都觉得头晕目眩,咳嗽不止。但吸烟的念头升起之时,她自己却无法控制,而且是越吸越凶。

这样的日子过了一年有余。有一天,一个出游的隐士路过这里,在柳小姐家借住一天。柳小姐遂将自己的苦恼向隐士诉说,希求隐士能帮助自己。

隐士仔细打量她一番,叹口气说:"你之所以会出现这种行为,实是中了阴毒的缘故。我的道行太浅了,无法给你根治,你还是找一个法术高超的人帮你吧。"

柳小姐是一个聪明人,知道是有邪灵附在了自己的身上,便去附近的庙里祝祷,请庙中的神灵帮自己驱散邪灵,但是祝祷并没有见效。

某日,柳小姐由丫鬟陪同到外面散心,听到一个路人正在讲钟馗捉鬼的故事。

路人说:"钟馗是降魔捉鬼真君,是专捉恶鬼邪神的,只要你心术纯良,为人善良,诚心恳求他,他一定会竭尽全力来护佑你的。"

柳小姐牢记路人的话,回家后,在心中默默祝祷,希望钟馗可以听到自己的恳求,救救自己这个可怜的女子,将附在自己身上的邪灵赶走。

钟馗听呼即到,现身柳小姐的住所,定睛细看,一个恶鬼正在贪婪地吸着满屋的烟雾。

这个恶鬼是个修习多年的山精,穿着黑色的袍子,一张惨白的大脸丑陋不堪,有吸食烟草的恶癖。

钟馗捉烟鬼记

那日,柳小姐一个人路过那个荒凉破败的小房子时,寄住在里面的山精抽吸烟草的欲望正强,苦于不知如何满足时,看到柳小姐身子柔弱,大喜过望,扑出来附到她的身上。这柳小姐十分娇弱,实是这山精理想的附着对象。

钟馗怒火顿起,抽出降魔捉鬼神剑向山精挥去。这山精已经练成一种刀剑不入的内功,钟馗的剑刺到她的身上了然无痕,她得意得狂笑不止。

柳小姐安静地坐着,隐隐感到屋内有种莫名的震动,阴风阵阵,吹得灯火左右摇晃,将熄未熄。

钟馗的降魔捉鬼神剑再次挥向山精,山精狂笑一声,从窗口飘然跃出,躲进附近的一片树林之中。

山精运用缩骨功,躲进了一棵枯树的虫洞里。紧随其后追到此处的钟馗四处搜寻,却一时难以寻到山精的踪迹,只得回到柳小姐家中。

钟馗在柳小姐家连守三天,山精一直没有现身,钟馗只得起身离去。

山精得知钟馗离去,又返回柳小姐家中,附在柳小姐的身上。柳小姐无奈之中只得再次祝祷。

钟馗再次听到柳小姐的祝祷后,震怒不已。

山精逃走，钟馗也是有意放她一条生路，希望她就此悔改，没承想这山精自恃法术高强，肆无忌惮，祸害百姓，丝毫没有悔改之意。

钟馗当即飞到柳小姐住处，看到这山精正兀自张着被烟雾熏黑的大嘴，贪婪地吸食着屋子里的烟雾。

这山精活在世上的时候喜欢喝酒、抽烟，做尽坏事，后因自己的作恶行为不得善终。

她死于非命，阎王爷不肯收留她，这邪恶的魂魄到处流浪，无意间闯进一个山精的住所。那山精正在闭气修炼，这人恶心顿起，趁机害死正在修炼的山精，吸食了山精的精魄，自己变作山精的模样。她恶习难改，吸食烟草的欲望依然强烈，只能想方设法地附着在人身上，强迫他们替自己吸食。

在此期间，山精还一点一点地吸食他们的精气，直至被附体的人元神散尽而死。

钟馗抽出降魔捉鬼神剑，口中念出道决，将道决的威力发到剑尖，挥剑而出，山精的头颅就势掉了下来。山精化成一摊脏污的黑血，渗入土中，消失不见。

柳小姐的屋内立刻散发出一股难闻的恶臭，随即她感觉有个东西脱离了自己，身体顿感轻快舒畅，吸烟的意念顿时消散，又

钟馗捉烟鬼记

恢复到原来的状态。

柳小姐知道是钟馗出手相救,随即诚心诚意地叩拜,感谢钟馗相救之恩。

钟馗微微一笑,收起降魔捉鬼神剑,飘然离去。

迎新纳福 二〇一八年岁末於青岛隐之

钟馗

☆作者寄语
☆民俗故事
☆画作欣赏
☆影音资源

微信扫码

斩除郄元弼

钟馗现身衙堂,手指郄元弼怒斥道:"你真是好忘性,难道你全然不记得将《长相思》递给韦娘的情景了吗?"

钟馗斩除郤元弼

荥阳有个秀才叫武亮采,娶妻胡氏韦娘。韦娘不但生得容颜俏丽,而且贤良淑德。

一日,武亮采出外游学,昔日同窗好友郤元弼上门拜访。丈夫不在,韦娘就代夫出来,用茶点招待郤元弼。郤元弼看到韦娘柳眉如烟山之黛,凤眼似秋波流转,当下就生出爱慕之心。但初次相见,他不知韦娘心意如何,便假借诗情灵感正到,恳请借纸笔一用。

韦娘也没多想,进到丈夫的书房,取出纸笔交给郤元弼。

郤元弼蘸墨落笔,写出一首《长相思》:

娇姿艳质不胜春,何意无言恨转深。

惆怅东君不相顾,空留一片惜花心。

郤元弼写完后交给韦娘过目。他自以为韦娘有感于他的才情，会答应他的求好之心。但韦娘品行端正，看出郄元弼的不良用心，遂蘸墨在郄元弼的《长相思》后另附一首：

> 乱惹深沉入帐帷，绛罗轻转映日飞。
>
> 芳心一点坚如石，任是游蜂也不迷。

郄元弼看到自己的多情为韦娘所拒，只得无趣地告辞离开。

这郄元弼色迷心窍，回到家后，仍然心心念念着韦娘的美貌，竟达神魂颠倒之态，再也无心读书。

郄元弼的眼前、心中都是韦娘的身影，终达情难自禁之地。三日之后，探知武亮采在外游学仍未归家，情欲炽盛之下，郄元弼怀揣一把尖刀，于深夜潜到武亮采家。

此时韦娘正在灯下读书，听到敲门声，以为是丈夫回来了，就唤婢女春香去开门。待来人进门，韦娘才看清是三日前来过的郄元弼。

郄元弼进得门来，撕下斯文假面，从怀中掏出尖刀。韦娘故作镇静问道："尊兄手拿凶器来访，难道韦娘有得罪尊兄不成？"

郄元弼目露凶光道："实话与你讲，我就是贪恋你的美貌，今晚你若敢拒绝，我便让你做了这刀下之鬼。"

郄元弼以为韦娘是个弱女子，面对威逼一定会任他摆布，哪

斩除郗元弼

知这韦娘坚贞不屈,凛然答道:"我宁愿做刀下之鬼,也不愿与你行苟且之事。"郗元弼恼羞成怒,韦娘成为刀下冤魂。

婢女春香见状不觉惊叫出声。郗元弼担心春香会将自己杀人之事泄露出去,不顾春香求饶,又一刀砍死了春香。

郗元弼的手上沾满鲜血,却没有半点儿悔悟之心,将刀上的鲜血用韦娘的衣服擦干净,回家睡觉去了。

夜深人静,邻人都已熟睡,无人知晓此事。

第二日,武亮采游学归来,进门看到韦娘和春香双双气绝身亡于血泊之中,惊惧中询问邻人,邻人都说不知道此事。武亮采惊怒中写了诉状告到了衙门。

包大人接下诉状后,命衙役暗中查访此事,但是数日过去了,衙役连一点儿蛛丝马迹都没有找到。包大人很为这个案子发愁。武亮采平日与人无冤无仇,韦娘又是大门不出二门不迈的贤妻,凶手究竟为何会害其性命。

包大人思虑此案到深夜仍无头绪,只得上床休息。睡梦中忽见一美貌妇人跪拜在自己床前,行过礼后,戚戚然地说:"小女子即韦娘。小女子的丈夫武亮采出外游学之际,他的同窗好友郗元弼恰巧登门拜访。这郗元弼看小女子有几分姿色,遂起歹心,先是以情诗挑逗,被小女子拒绝后就持刀而来,又被小女子严词拒绝,就用刀将小女子和婢女春香先后砍死。此事本家堂上的钟馗可以作证,恳请包大人为小女子做主啊!"

韦娘说毕,飘然而去,包大人也从梦中惊醒。此时天已大亮,包大人遂命衙役到书馆将郄元弼拘拿到衙堂审问。这郄元弼无论如何审讯,就是抵死不认。

包大人不再多言,铺纸蘸墨写了一封文书:"钟馗老爷敬上,包某不才,今遇武亮采之妻韦娘被杀一案,苦无证据。大人乃武亮采家中供奉福神,韦娘托梦与我说大人可为证人。恳请钟老爷屈驾亲来衙堂,为韦娘作证。"

包大人将写好的文书焚于衙案之前。

不多时,钟馗现身衙堂,手指郄元弼怒斥道:"你真是好忘性,难道你全然不记得将《长相思》递给韦娘的情景了吗?"

郄元弼愧然,低头不语。

有钟馗作证,郄元弼被判死刑,韦娘一案遂画上句号。

鍾馗像
玉玄